Queda rigurosamente prohibida, sin la autorización escrita de los titulares del «copyright», bajo las sanciones establecidas en las leyes, la reproducción parcial o total de esta obra por cualquier medio o procedimiento, comprendidos la reprografía y el tratamiento informático y la distribución de ejemplares de ella mediante alquiler o préstamo públicos.

© del texto: Cristina Palacio
© de la portada: Bahay Diseño y Comunicación

El último deseo

Cristina Palacio

*Pues ahora dormiré en el polvo,
me buscarás y ya no existiré.*

Job 7,21

La idea surge por sí sola, con naturalidad, dando forma y ambiente a la historia. El lejano siglo XVI se pinta de color y renace, convirtiendo fechas, datos, escritos y documentos en personajes que cuentan en mi honor todo lo que saben.

Lo anterior no es algo voluntario, si se me permite la confesión, sino el resultado de una imaginación un tanto pueril que hace que se me vaya el santo al cielo mientras estoy trabajando. Como disculpa diré que perderme en elucubraciones no supone indiferencia hacia mis tareas. No. Más bien al contrario. Los objetos de mi trabajo, informes áridos, antiguos textos, se vuelven reales, toman vida, me acompañan. Incluso, a veces, discuto con ellos y acaban teniendo más entidad, a mis ojos, que el hoy previsible y cotidiano.

Así surgió en mi mente, lo reconozco, Alonso de Oviedo, al principio solo una sombra vaga, apenas un fantasma que rondaba sobre todo lo que iba sabiendo de Torrijos, sus gentes y su historia. Ahora, sin embargo, don Alonso vive ajeno a mí y a mis fantasías y yo le observo con detenimiento, intentando adivinar qué hace y qué piensa. Tengo, claro, la ventaja de conocer unos hechos que para mí son pasado y para él, en cambio, un presente tangible o un futuro aún no determinado, pero según las reglas del juego, si es que es un juego la existencia, lo que yo sé no interfiere en su vida, pues eso sería tanto como privarle de voluntad o de albedrío y, así, el asunto no tendría ningún interés. El propio don Alonso, me temo, como cualquiera de nosotros, en semejantes condiciones no querría vivir.

Pero antes de continuar, voy a presentarlo. Alonso de Oviedo es un hombre alto y delgado, pálido y de rostro más serio de lo que cabría esperar por su edad, ya que no tiene demasiados años. Viste con elegancia, lo que indica una buena posición social, aunque en el momento que irrumpe en mis pensamientos toda su vestimenta está cubierta de polvo. Viaja, a lomos de un caballo y acompañado de criados y mulas, rumbo a Torrijos dispuesto a dar cumplimiento al encargo que ha dado lugar a su participación en la historia.

El encargo, es fácil de ver, no le hace a don Alonso demasiada gracia. Hay en su gesto, en su actitud toda, un aire de desgana, de reticencia, como si estuviera actuando conforme a su voluntad, ya hemos dicho que no es don Alonso ningún esclavo, pero en contra de sus deseos. O tal vez, no quiero ser suspicaz, es solo que al hombre no le gusta viajar. No goza de buena salud y andar perdido por los campos de Castilla, en pleno siglo XVI, no es, ni con mucho, un plato de gusto para alguien que requiere cuidados.

Sudoroso, cansado, don Alonso de Oviedo se deja balancear por el paso firme del caballo que monta bajo el calor aplastante de la meseta castellana y va dando vueltas en su cabeza al delicado trabajo que tiene encargado, lo que pone una arruga de preocupación en su frente. No es de extrañar porque dicho trabajo es, ni más ni menos, digámoslo ya, encontrar un muerto. Y no un muerto cualquiera, que eso en definitiva no sería complicado. Muertos, por macabro que sea el asunto, hay por todas partes. No, don Alonso tiene que hallar un cuerpo concreto, desaparecido de su sepulcro y perteneciente a una mujer de alta alcurnia.

Todo el asunto, lo sé, resulta algo fantástico, o cuanto menos, insólito, y se ha ido complicando además con el tiempo. Primero, la muerte de la buena señora, aunque en esto, es evidente, no hay nada raro, pues la mujer tenía cuando murió casi ochenta años. Luego, los rumores de que el cuerpo no estaba en su tumba, que se iniciaron poco a poco y que tardaron en salir del pueblo. Y por último, la apertura del sepulcro que demostró que, efectivamente, el cuerpo había desaparecido. El caso es que las autoridades no llegaron nunca a dar una explicación sobre el suceso, el tiempo fue pasando y comenzó a decirse, al menos en Torrijos, que la señora no estaba en su sepulcro porque había ascendido a los cielos.

Comparar a alguien con la Virgen María, así, de buenas a primeras, es absurdo, por supuesto, pero no olvidemos que todo esto ocurre a mediados del siglo XVI, es decir, en un momento en el que la religión lo invade todo, no en vano se acaba de salir de una guerra de ochocientos años contra el infiel musulmán, se ha expulsado a los judíos y la cristiandad entera está envuelta en una convulsión general, con la ruptura protestante y las guerras de Carlos V.

Aun en un mundo como este, donde religión y política se mezclan, el asunto resulta muy delicado, tanto por la relativa importancia de la señora desaparecida, miembro destacado de una familia de la nobleza, como por temor a la Inquisición, encargada, como sabemos, de vigilar la ortodoxia religiosa. Ambos factores explican que la investigación de Alonso de Oviedo no vaya a tener, ni mucho menos, carácter oficial. Al contrario, se trata más bien de un encargo particular y privado, hecho nada menos que por el conde de Miranda, familiar de la desaparecida, deseoso de saber, al margen de explicaciones milagrosas, qué ha ocurrido con el cadáver de su parienta. Y es esto, la importancia del Conde, de nombre Francisco de Zúñiga, cabeza visible de la familia implicada, lo que obligó a don Alonso, en su momento, a aceptar el encargo: no se dice que no, en pleno siglo XVI, a un favor solicitado por un personaje de la aristocracia.

Lo que hace que al de Oviedo no le resulte del todo desagradable la aventura son los motivos personales. Para empezar, le ilusiona como a un chiquillo el reencuentro con un buen amigo, el honorable Gabriel Vázquez, alcalde de Torrijos, a quien no ve desde hace mil años. Y por otro lado está su salud: el pobre don Alonso, todo el mundo lo sabe, tiene fatal los pulmones, el húmedo aire de su Asturias natal le está matando poco a poco y los médicos le han recomendado que traslade su residencia, al menos durante una temporada, a climas más secos. En definitiva, que aunque no le hubiesen encomendado la macabra misión que tiene, don Alonso del mismo modo hubiera contemplado la posibilidad de trasladarse a Torrijos. Así hubiera matado dos pájaros de un tiro, cuidar de su salud y pasar una temporada con el amigo que añora. Ahora los pájaros que tendrá que matar serán tres pues, además, tendrá que buscar el cuerpo desaparecido.

Estos son los antecedentes, pocos, soy consciente, que tenemos sobre don Alonso. Tal vez por eso, incluso a mí, a veces me parece un extraño. Conozco, claro, su aspecto y detalles sueltos de su vida: que es secretario de algún Consejo, quizá doctor en leyes, su asma y su carácter noble, pero no sé explicarme del todo su cara seria, sus ojos penetrantes, ese aspecto grave y seco que no armoniza demasiado con sus años y que le da, en cierto modo, prestancia y autoridad. En cualquier caso, tampoco nos hace falta mucho más para acompañar al hombre en el camino que ha emprendido esta misma mañana desde Toledo.

El calor aplasta. Y don Alonso de Oviedo piensa, como tantas otras veces, que en Castilla el cielo está más cerca del suelo que en cualquier otro lugar del mundo. Echa de menos el cielo alto de su tierra, tan alto que ni el pico del Naranco, que lo apunta como una lanza, alcanza siquiera a rozarlo. Allí, en Castilla, por el contrario, aseguraría que el cielo está mucho más cerca, de modo que los árboles crecen poco, apurados, olivos de raíces retorcidas y viñas planas que no esconden ni un momento el obsesivo horizonte.

Para entretener el tiempo y olvidar el ruido de los cascos de las acémilas, el polvo del camino y el calor agobiante, piensa en el final de su viaje, Torrijos, y en su amigo Gabriel Vázquez con quien compartió hace mil años inquietudes y dudas en las calles de Salamanca. Buenos tiempos fueron aquellos, piensa don Alonso sonriendo, cuando parecía que nada ni nadie sería capaz de pararlos. Por entonces, el hijo mayor de Gabriel Vázquez, que estudiaba en la universidad, se había visto envuelto en un tremendo lío que implicaba también a un alto personaje de la Corte. El alcalde había acudido presuroso en ayuda de su vástago pero, acostumbrado al pequeño mundo de Torrijos, se había sentido apabullado por la enorme ciudad. Alonso de Oviedo, en cambio, recién licenciado, la conocía al dedillo pues no en vano estaba al acecho de oportunidades para medrar. El caso es que juntos formaron un buen equipo a pesar de los años que los separaban, y ambos obtuvieron bastante más de lo que estaban buscando. Gabriel Vázquez demostró la inocencia de su hijo, don Alonso, la del noble implicado que, en agradecimiento, le consiguió un buen puesto en uno de los Consejos del reino, y los dos, Gabriel Vázquez y don Alonso, se llevaron, además, de regalo, su mutua amistad.

Luego, la vida te separa y te agita sin remedio. Gabriel Vázquez volvió a Torrijos y don Alonso a su tierra, a la lluvia fina de Oviedo, a los cielos grises, a los húmedos montes que, poco a poco, le han ido enfermando, agarrándose a sus pulmones hasta convertir su aliento en el entrecortado aliento de un viejo. Agitado aliento de anciano en un cuerpo que aún es joven. Y don Alonso, una vez más, como cada vez que repara en ello, quisiera respirarse de un trago todo el aire del mundo. Siente en su interior que es injusto ese destino que le condena a jadear eternamente y que le impide recorrer con paso firme todos los caminos con los que alguna vez soñó. No se pueden apurar las posibilidades que la vida ofrece cuando respirar es tan difícil.

El horizonte, ante él, ajeno a estos pensamientos, se ondula impávido. Le parece que hace un siglo ya que salió de Oviedo. Ha estado en León, contemplando las mil cigüeñas anidadas en cada uno de los pináculos que adornan la catedral. Pasó por Tordesillas, donde no cuesta creer en el amor y en la locura. Paseó por las calles de Olmedo y de Arévalo, admirando iglesias y castillos. En Lerma intuyó por primera vez la interminable inmensidad de la llanura castellana. Dio vueltas, con paso lento, al claustro de Silos, cuyo silencio le permitió perderse en ensoñaciones. En Burgos hizo resonar sus pasos sobre los adoquines de la plaza, de la hospedería de la que era huésped a la catedral, una y otra vez, sin cansarse nunca de su belleza. Y por último, Toledo, con sus calles tan recónditas y empinadas que casi le roban para siempre el aliento. Ahora es ya la última etapa del viaje y don Alonso, impaciente, se alegra de ello. Podrá dar cumplimiento al encargo que tiene encomendado.

Su trabajo, como ya sabemos, es buscar el famoso cuerpo perdido, un misterio que, la verdad, no sé si tuvo tanta importancia en su momento, pero cuyos ecos han llegado hasta nuestros días. Y eso que el Torrijos de la actualidad poco conserva de la época de don Alonso. No existe ya el antiguo Palacio de Maqueda, la casa de los Cárdenas, señores de la comarca, ha desaparecido también el monasterio de Santa María de Jesús, fundado por la misma familia, y no queda rastro apenas de documentación de la época. Se perdió vaya usted a saber cuándo. Unos dicen que en la Guerra de la Independencia, incendiada por los franceses, si bien a mí me parece que la historia tiene un regusto demasiado romántico para ser cierta. Otros hablan de la devastación que tuvo lugar en la Guerra Civil y sí, es posible, fueron muchos los archivos destruidos durante la guerra. Me temo, no obstante, que la razón última de tanta pérdida es mucho más banal, resultado de la desidia y el desinterés hacia el ayer que acaba por privar a los pueblos de su historia. Como si el Torrijos mundano que ahora conocemos no fuera fruto directo de aquel Torrijos histórico y noble, residencia de reyes desde los tiempos de Pedro I de Castilla. En cualquier caso, no es este el lugar ni el momento oportuno para andar defendiendo la importancia del pasado, aunque todo ello explica porque anda ahora vagando por tierras castellanas el pobre don Alonso. En fin, no le demos más vueltas y volvamos con nuestro amigo que, sin duda, desde que le dejamos, ha tenido tiempo de sobra de llegar a Torrijos.

Las mulas irrumpen en la Plaza Mayor rompiendo el silencio de la tarde. Están desiertas las calles, aplanadas por el sol despiadado. Solo un par de perros flacos dormitan a la sombra de alguna tapia. Zumban las moscas, dueñas absolutas de la hora de la siesta, y junto a su zumbido, el único ruido audible es el del transparente chorro de la fuente que adorna el centro de la plaza.

No me cuesta pensar que don Alonso esté decepcionado. Para ser justos no le echaré la culpa de esta decepción a Torrijos, sino a la naturaleza humana que tiene cierta tendencia a anticiparse a los hechos y ponerse a imaginar. Y la realidad raramente hace justicia a lo imaginado.

Eso piensa ahora don Alonso. Su amigo Gabriel Vázquez siempre le habló de Torrijos como del centro del mundo y en su mente Torrijos se había ido dibujando con todas las maravillas. La villa de Torrijos, capital del estado de Maqueda, donde puso sus reales Pedro I el Cruel, que fue la fortaleza de Juan II de Castilla en sus luchas contra los rebeldes a su monarquía, que se resistió al irresistible don Alvaro de Luna... y su pasado glorioso culmina cuando es adquirida al cabildo de la iglesia mayor de Toledo por don Gutierre de Cárdenas, caballero de la Orden de Santiago, comendador mayor de León y contador mayor de los Reyes Católicos, que la convierte en capital de su señorío y centro de las nueve villas de su alfoz.

Imaginaba don Alonso que Torrijos sería la antesala digna de Toledo, idea no demasiado original, seguro que más de un historiador, en especial los de Torrijos, lo ha dicho alguna vez, y se pregunta ahora, recordando las grandezas que le narraba Gabriel Vázquez, dónde se ha escondido tanta hidalguía. Porque Torrijos le parece pobre, una aldea más, similar a otras que ha visto en su viaje. Es verdad que al llegar ha atravesado una muralla de cierta grandeza, porque la villa está cercada, parte de ella de tapiería de cantos gruesos y otras partes de piedra. Y en la puerta por la que ha cruzado ha visto los escudos de armas de los Cárdenas y de los Enríquez, señor y señora de la villa. Pero las casas le parecen pobres, la plaza pequeña, la fuente escuálida y, por si fuera poco, el calor acuna con deleite y extiende por el aire, ese aire del que don Alonso es siempre tan avaro, un olor extraño y pesado, inidentificable.

Todo lo olvida don Alonso cuando escucha la voz de Gabriel Vázquez que ha venido a buscarle. Se abrazan con un nudo en la garganta y luego se separan sin llegar a soltarse del todo. Se miran mutuamente con ojos de nostalgia y se ven como son ahora mismo: Gabriel Vázquez, de brillante calva y ojos cercados de arrugas, pasado en kilos que han ablandado la varonil dureza de su mandíbula, y Alonso de Oviedo, de pecho hundido, ojos perdidos en malvas ojeras y entreabierta boca jadeante. Ríen. Y con la risa se diluyen los años que han pasado separados, el tiempo cruel que ha domeñando sus aristas juveniles y se encuentran de nuevo, en los ojos, como antaño, el uno al otro.

No tardan, todo hay que decirlo, en apartar un poco avergonzados la mirada. Es la actitud habitual, que tanto critican las mujeres, entre dos hombres que se han dejado llevar de los sentimientos más de lo que ellos mismos consideran adecuado. Las mujeres son de otra forma: se besan, se abrazan sin ningún reparo, dejan correr las lágrimas a la mínima de cambio o se ríen sin disimulo. No sé si serán más felices por ello, ni siquiera sé si son más sinceras que nosotros, esclavos de un pudor mamado desde la cuna que nos impide mostrar nuestros sentimientos. En cualquier caso, la actitud es la misma ahora y en el siglo XVI y don Alonso y Gabriel Vázquez ríen para disimular su embarazo. Es más, me siento tan violento por ellos dos que, sin más dilaciones, continúo con la historia dejando atrás estos momentos de emoción.

Es Gabriel Vázquez el que toma la iniciativa. Se adueña del equipaje de don Alonso, de sus decisiones, mandando al traste cualquier plan que el de Oviedo pudiera haber hecho sobre su estancia. Le conduce sin contemplaciones a su casa, hablando, riendo, dando órdenes a los criados, ofreciéndole viandas y bebidas, mezclando en su conversación desordenada, preguntas sobre su vida y su viaje y su salud con comentarios risueños acerca de todo lo que se ofrece a su vista. De ello se deduce que Gabriel Vázquez tiene un carácter muy distinto al de su amigo, es locuaz, sincero, campechano. Todo lo que en don Alonso es reserva y silencio, en Gabriel Vázquez es franqueza expansiva, aunque conviene recordar que, al menos en esta ocasión, la actitud de don Alonso se explica más por la insuficiencia de sus pulmones, incapaces de andar y hablar al mismo tiempo, que por sequedad de su carácter.

El caso es que caminan los dos, despachados ya criados y equipajes, y Gabriel Vázquez va poniendo ante los ojos de don Alonso todas las grandezas de su amado Torrijos.

— Como veis, hay muy buenas casas de morada... aquella es la del duque de Maqueda que es castellana, muy buena y anchurosa... También hay otras casas principales, con rejas y ventanajes, y de muchos jardines. Lo que veis allí es la torre del Santísimo Sacramento que es una iglesia muy principal, con coro y capillas y hasta doce capellanes, que ya quisieran en muchas iglesias de más nombre. ¿Veis a lo lejos? Allá... el monasterio de monjas de la Concepción, que fue antaño el palacio de Pedro I. Y hay otro monasterio, el de Santa María de Jesús, en las afueras, más bello aún que San Juan de los Reyes, en Toledo. ¿Visteis San Juan de los Reyes? Pues más os gustará Santa María. Y por cierto, debéis saber que tenemos dos hospitales en la villa, buenos entre los mejores, el de la Consolación y el de la Santísima Trinidad. Los dos fueron fundados por Gutierre de Cárdenas y por doña Teresa.

Omnipresentes don Gutierre y su mujer, en la conversación, en el pueblo, en el aire todo de Torrijos. Y eso que don Alonso sabe que doña Teresa murió hace seis años y casi treinta que don Gutierre abandonó esta vida. Sin embargo, sus presencias son palpables, empapan con suavidad cada casa de la villa, cada piedra, cada historia, como el orballo empapa todo en la lejana tierra asturiana de nuestro protagonista.

Tal vez en este momento piense don Alonso en la conveniencia de poner a Gabriel Vázquez al tanto del asunto que le lleva a Torrijos. En la carta que le envió hace unas semanas le hablaba de su viaje dando a entender que se trataba de algo personal. Su salud, como ya explicamos, el deseo de volver a ver al amigo del que hace tantos años que está separado. Pero don Alonso calla y Gabriel

Vázquez sigue hablando. Hay momentos en la vida que pasan así, en vano, oportunidades perdidas que, de haberlas aprovechado, no es que nos hubiesen cambiado la vida, eso no, no es el momento tan trascendente, pero al menos la hubieran hecho más fácil. Cuando un poco después don Alonso cuente a Gabriel Vázquez la verdadera razón de su viaje a Torrijos tendrá que dar mil explicaciones de su dilatado silencio al respecto y, aun así, Gabriel Vázquez se sentirá un poco enojado. Tenemos que entenderle, tenemos que entender la leve sensación de malestar que acompañará al seco «debierais habérmelo dicho...». Al fin y al cabo, Gabriel Vázquez no es solo el amigo de don Alonso, es también uno de los alcaldes de Torrijos y, por tanto, siente que debiera haber sido informado.

En fin, que don Alonso deja pasar el momento sin decir nada, deja que Gabriel Vázquez siga hablando y le conduzca hasta su casa. Cruzan la Plaza Mayor. Observa don Alonso, a instancias de su amigo, la espléndida construcción que es la casa de los Cárdenas, toda ella de piedra berroqueña, y admira la belleza de su puerta principal, tan adornada, con el escudo de los Reyes Católicos en su parte más alta y debajo los escudos de armas de los señores de la villa.

— Doña Teresa no vivía aquí —explica Gabriel Vázquez—, sino en las casas nuevas que mandó construir frente a la Colegiata, luego las veréis. Era demasiado humilde doña Teresa para vivir en el palacio.

Este y otros comentarios similares van dando idea a don Alonso de hasta qué punto fue importante doña Teresa Enríquez en la vida de Torrijos y otra vez piensa que debería informar a Gabriel Vázquez, cuanto antes, de la misión que lleva encomendada. Y de nuevo el momento pasa sin ser aprovechado.

Llegan por fin a casa del alcalde. Le sorprenden a don Alonso la oscuridad y la frescura del vestíbulo. Cegado como va por el refulgente sol del mediodía le cuesta acostumbrar sus ojos a la penumbra de postigos entornados de la casa.

En la oscuridad, una voz le da la bienvenida. Es una voz agradable, femenina y fresca, con el rescoldo de una nota más seria que encuentra eco inesperado en el pecho de don Alonso. Fuerza este la vista, intrigado, buscando en las sombras a la dueña de la voz, y las sombras, poco a poco, se disipan y en ellas la luz pinta con timidez el breve perfil de una muchacha de pocos años, tal vez quince, piensa don Alonso, a lo sumo dieciséis: nariz pequeña y recta, demasiado recta, ojos oscuros, demasiado oscuros, enmarcados por la pincelada de unas cejas quizá demasiado espesas, boca pequeña con unos labios tan finos que apenas se ven, cuello estrecho surgiendo de la oscuridad del vestido, y un cuerpo flaco y largo, desgarbado y nervioso.

— Es mi hija, Isabel —presenta Gabriel Vázquez.

Y ella baja los párpados, sonríe con suavidad y hace el esbozo de una reverencia, todo con tan poca gracia, que no puede por menos don Alonso que admirarse de la diferencia entre lo que prometía la voz escuchada en la oscuridad y su dueña.

Pobre Isabel. Resulta tan insignificante que hasta dudo de su existencia. Pero existe, claro, y enraíza a Gabriel Vázquez a la tierra, lo mismo que esa otra hija que está en un convento, en las Puras de Almería, o el primogénito que, como ya dijimos, se educó en Salamanca y ahora vaga por el mundo en busca de aventuras. Isabel es la hija más pequeña del alcalde, ya que la madre murió de parto al intentar dar a luz una cuarta vez, como murió también el hijo que llevaba en las entrañas. Si esta muerte apenó a Gabriel Vázquez no es necesario decirlo, que cada cual piense lo que quiera, pero es fácil observar cómo sus ojos arropan a la pequeña Isabel y la miran siempre con ternura. Ella, en cambio, recoge ese cariño con avidez y con algo de tristeza, sospechando que su padre busca en su rostro, y no encuentra, los rasgos amados de quien le dio el ser.

Al hilo de esto pienso que también don Alonso tendrá familia, allí, en el lejano Oviedo del que procede, aunque solo acierto a imaginar a una madre anciana, tal vez porque los hombres de carácter reservado y serio suelen proceder de madres mayores. En cuanto al padre, murió cuando don Alonso era todavía un crío. Ambas cosas, la edad avanzada de la madre cuando se casó y la muerte prematura del padre, justifican que don Alonso no haya tenido hermanos. Hijo único pues, solitario y serio desde niño. Así nos marca la existencia o así nos empeñamos nosotros en sacar conclusiones de cada paso, causa y efecto continuo a lo largo del camino, cuando la realidad mucho más simple es que la vida va sucediendo y basta.

Pero volvamos a lo nuestro. Acabados los saludos y las presentaciones, se sientan Gabriel Vázquez y don Alonso en una estancia ancha, cruzada en el techo con vigas de madera. Los criados preparan la mesa. Los dirige la pequeña Isabel que, inquieta, se preocupa durante toda la comida de que don Alonso vaya probando cada uno de los manjares y aunque este se esfuerza en ser amable, cada vez contesta con más brusquedad y rehúye los ojos de la niña, sus sonrisas humildes, sintiendo, sin ser demasiado consciente de ello, cierta molestia ante un deseo tan obvio de resultar agradable.

En definitiva, es un suplicio de comida. Gabriel Vázquez habla y habla, Isabel, cada vez más nerviosa, revolotea alrededor de la mesa, y don Alonso se siente incómodo, por él mismo, por la pobre Isabel y, sobre todo, por el alcalde, al que en cierto modo ha engañado ocultándole que su venida a Torrijos tiene un motivo distinto al que le ha contado. No encuentra momento para interrumpir el soliloquio de su amigo y decirle: «estoy aquí con una misión encomendada nada menos que por el conde de Miranda». Le distraen Isabel y sus inútiles afanes, la presencia continua de los sirvientes y la propia conversación ligera de Gabriel Vázquez que, sonriente, campechano, con la barbilla y los dedos llenos de grasa, disfruta de la comida.

—He venido a Torrijos para investigar la desaparición del cuerpo de doña Teresa.

Ha aprovechado un momento en que Isabel y los criados han salido y lo ha dicho de golpe, en medio de una frase de Gabriel Vázquez sobre las delicias del cordero, y ha sido como si hubiese soltado el cadáver directamente encima de la mesa. Tanto dar vueltas y vueltas a los segundos buscando el ideal, el perfecto, aquel en el que estén conjugados los astros en nuestro beneficio, para esto. Concluyamos que casi nunca hay segundos perfectos, no ya para soltar un cadáver, como ha hecho don Alonso, sino para ninguna otra cosa.

— He venido a investigar la desaparición del cuerpo de doña Teresa.

Vuelven a entrar los sirvientes, vuelve a entrar Isabel, y Gabriel Vázquez, con un cuchillo en una mano y un trozo de cordero en la otra, parece tan asombrado como si hubiera visto, no uno, sino varios miles de fantasmas. No tardará el asombro, sin embargo, en trocarse en enfado y, una vez expulsados de la estancia a toda prisa y con palabras un tanto destempladas, Isabel y los criados, don Alonso, que ha soltado la frase tan de repente, tendrá que explicar con todo detalle y pedir excusas y volver a explicar y escuchar los reproches de un Gabriel Vázquez un tanto indignado por la falta de confianza de aquel a quien consideraba, son palabras textuales, su amigo de más confianza, hasta que poco a poco el enfado se atempere y la conversación discurra por cauces más amables.

El sol comienza, poco a poco, a declinar. No es que eso importe mucho, la verdad, teniendo en cuenta que acabamos de dejar a dos amigos que no se ven desde hace años a punto de discutir por una cuestión que, en realidad, ni siquiera les afecta personalmente. Pero, en fin, por poco importantes que sean estos detalles, dan ambiente y nos sitúan en el tiempo. Así que el sol declina poco a poco, lo que don Alonso agradece, pues el calor agobiante del verano castellano le tiene sudando desde que comenzó su viaje, y la tarde se instala en el cielo con placidez. La que no es tan plácida es la conversación entre los dos amigos, al menos al principio.

— ¿Buscar el cuerpo de doña Teresa?—repite, asombrado, Gabriel Vázquez.

Luego el asombro se va trocando en enfado, en la medida en que se va dando cuenta de lo que implica la frase soltada de forma tan absurda en medio de la comida. Y su asombro y su enfado brotan como a borbotones:

— ¿Qué habéis querido decir? Buscarlo… ¿cómo? Y ¿por qué? Y ¿por qué no me habéis dicho nada?

Don Alonso extiende ambas manos, intentando encontrar tanto las palabras para explicarse como el tiempo necesario para hacerlo, y Gabriel Vázquez se levanta, incapaz de seguir sentado a una mesa que ha perdido ya todo su atractivo para él. Se levanta porque necesita dar salida física al cúmulo de sentimientos y de pensamientos que la breve frase de su amigo ha revolucionado en su interior. Se levanta porque no sabe de qué otra manera afrontar una conversación que no se esperaba.

— ¡Maldita sea! … ¿Qué tenéis que ver vos con doña Teresa?

— Nada. Ni siquiera había oído hablar de ella hasta hace apenas unas semanas. Por Dios, Gabriel, calmaos.

— ¿Qué me calme? Habéis venido hasta aquí con engaños, aprovechándoos de una amistad que yo creía sincera.

— Sé que debiera habéroslo contado antes… Sin embargo, vos sabéis que es un asunto delicado en extremo. Pensé que era mejor hablarlo cuando estuviéramos juntos, hacerlo en persona y no por carta. Por eso no os dije nada.

— ¿Quién os envía? —Gabriel Vázquez se planta ante don Alonso que sigue sentado a la mesa y su voz resuena seca, casi amenazadora—. Porque vos venís por encargo de alguien.

— No es lo que vosotros pensáis —se defiende el de Oviedo, sabiendo que lo que hay detrás del enfado de su amigo es la desconfianza, propia de la época, a la intromisión de los funcionarios reales en el gobierno municipal—. No tengo ninguna misión oficial ni vengo a ejercer ningún poder en nombre de la Corona. Debéis de creerme, Gabriel. Es un encargo privado, un favor.

— Un favor… —Gabriel se lleva las manos a la cabeza. No sabe muy bien cómo reaccionar. Él estaba preparado para recibir en su casa a un viejo amigo, a disfrutar de la compañía de un antiguo compañero con el que esperaba compartir gratos recuerdos, el suave sabor de la nostalgia. Y de pronto, siente que tiene ante sí a un extraño que amenaza su autonomía—. Un favor... —repite— ¿Y quién os lo ha solicitado?

— Me envía el conde de Miranda.

Gabriel Vázquez levanta la cabeza con asombro y fija sus ojos en los de don Alonso.

— ¿El conde de Miranda?

Pues sí, el conde de Miranda. La extrañeza de Gabriel Vázquez no es porque no conozca al Conde, sino precisamente porque sabe muy bien de su relevancia: el III conde de Miranda del Castañar, Francisco de Zúñiga y Velasco, es nada menos que miembro del Consejo de Estado y Guerra de Carlos I, mayordomo mayor de la emperatriz Isabel de Portugal, virrey y capitán general de Navarra y caballero de la Orden del Toisón de Oro, entre otros muchos meritos y cargos. Y además, el responsable, como acaba de reconocer el propio interesado, de que don Alonso se encuentre en Torrijos.

— El conde de Miranda, como sabéis, era yerno de Doña Teresa —explica el de Oviedo al alcalde— y fue uno de los albaceas de su testamento.

— Lo sé —dice Gabriel Vázquez todavía con asombro—, pero no sabía que estuviese interesado en este asunto.

No se muestra muy atinado el alcalde, pues por importante que sea el Conde no deja de ser familiar de doña Teresa y, por tanto, interesado de forma muy personal en la desaparición de la que fue su suegra.

Esto puede confirmarlo don Alonso que aún tiene fresca en la memoria la última entrevista que mantuvo con el Conde, y nosotros, gracias a los artificios del juego en el que estamos, podemos introducirnos en sus recuerdos y enterarnos de cómo fue la conversación.

Extraigamos por tanto de la mente de don Alonso la vívida imagen de una amplia casa, lujosa y bien amueblada, el silencio de pasillos y estancias, hasta llegar a un salón enorme presidido por un hogar tan gigantesco que por sí solo sería tan grande como un aposento de pocas pretensiones. La chimenea está apagada y ante ella, en un sillón castellano de madera maciza y respaldo recto, se sienta un hombre de muchos años y porte altivo, con barba grisácea, al estilo que ha impuesto el emperador Carlos, y ojos bondadosos. Es el conde de Miranda del Castañar.

Se saludan con afecto don Alonso y el Conde que, graciosamente, invita a su amigo a acomodarse en el sillón gemelo al que él ocupa. Allí hablarán los dos durante largo rato. Allí se enterará don Alonso de que la mujer del Conde, María, hija de doña Teresa, está sumida en la tristeza desde que supo que el cuerpo de su madre había desaparecido de su sepulcro, tan sumida en la tristeza que hace meses que no encuentra fuerzas para levantarse del lecho. Las primeras noticias de que algo irregular ocurría les llegaron al Conde y a su esposa a través de una carta enviada desde Torrijos.

— ¿Qué decía la carta?

—Vedlo vos mismo.

El Conde se levanta y busca entre los papeles de una mesa cercana. Coge don Alonso la carta y en silencio la lee:

"Perdonad esta mi osadía, señor, al dirigirme a vos de forma tan directa, pero los hechos que voy a narraros son de suma importancia, en especial para la ilustre familia de los Cárdenas, de la que vos formáis parte por matrimonio y a la que yo he servido durante tantos años..."

— ¿Quién es este señor que os escribe? —pregunta don Alonso interrumpiendo la lectura.

— Don Beltrán Gómez de Toro, un capitán que trabajó a las órdenes de mi suegro, don Gutierre de Cárdenas, y uno de sus hombres de confianza. Después de la muerte de don Gutierre, don Beltrán siguió leal a la familia. Tengo entendido que mi suegra, doña Teresa, recurrió a él en ocasiones, para determinadas tareas que se avenían bien a su carácter y a su preparación.

— ¿Por ejemplo...?

— La liberación de cristianos cautivos de los moros. Sé que tanto don Gutierre, como después de su muerte, doña Teresa, se preocuparon siempre de aquellos que seguían presos del Islam. Los dos dejaron mandas en sus testamentos para que esta tarea se siguiera haciendo. Doña Teresa encargaba estos menesteres a un tal fray Fernando de Contreras, pero dado que el buen fraile llegaba a veces a poner en peligro su propia vida por el éxito de la tarea, doña Teresa gustaba de mandarle acompañado de alguien de menos bondad y más carácter. Don Beltrán se encargó en muchas ocasiones de esto.

Asiente don Alonso y sigue leyendo:

"Habéis de saber que, aunque los años de mi servicio a vuestra familia ya han quedado lejos, gusto de pasar temporadas en mi residencia de Torrijos por los muchos recuerdos que ello me trae. Soy hombre de edad y, como tal, acostumbrado a no dar demasiada importancia a rumores y habladurías. Si escuché en esta ocasión lo que dicen por el pueblo mentes tan ociosas y lenguas tan sin trabas, es porque se refiere a vuestra señora suegra y en concreto a la ausencia de su cuerpo del sepulcro donde fue enterrada.

Aun así no hubiera vuelto a pensar en ello si no llega a ser por mi costumbre de asistir a las misas de los monjes, en la iglesia del monasterio de Santa María de Jesús, fundado por los ilustres don Gutierre y doña Teresa, vuestros suegros, y lugar donde, como bien sabéis, se encuentra su sepulcro.

El último día veintinueve, jueves, día del Santísimo, a quien doña Teresa tanto honraba, me hallaba orando en dicha iglesia cuando vinieron a asaltarme algunos indicios preocupantes y a los que en verdad no hubiera prestado atención, o ni siquiera habría reparado en ellos, a no ser por los rumores a los que antes he aludido.

Pues bien, señor, sin dilatarlo más os diré que la tapa del sepulcro de la honradísima señora doña Teresa parecía no ajustar como debiera.

Acerquéme a comprobarlo y aun siendo las señales ligerísimas, pude ver que, en efecto, la tapa parecía suelta, los bordes no ajustaban y hasta se diría que había sido forzada por algunos sitios.

Al punto llamé a los monjes que no quisieron creerme, pero es tanto mi espanto ante lo que los indicios apuntan que no he tenido más remedio que cometer la osadía de ponerlo en vuestro conocimiento".

De nuevo interrumpe la lectura don Alonso. El conde de Miranda del Castañar se ha sentado a su lado y parece abstraído mirando el hogar de la chimenea como si en él ardiesen llamas. Don Alonso da la vuelta a la carta y comprueba la fecha.

— De esta carta hace ya mucho tiempo.

Asiente con tristeza el Conde y suspira.

— Así es. Habéis de saber que no hice yo mucho caso de esta carta cuando la recibí. Pensé que eran chocheces de un anciano. Pero don Beltrán no solo me escribió a mí. Escribió a mi cuñado, el duque de Maqueda, hijo de doña Teresa, y a la dirección de la orden franciscana y yo no sé a cuanta gente más. Finalmente, mi cuñado, don Diego, quiso poner freno a tanto rumor y tanto comentario y mandó abrir el sepulcro. El resto ya lo sabéis. Don Beltrán y los rumores tenían razón: el cuerpo de doña Teresa ha desaparecido. Desde entonces me aseguran que las autoridades locales se esfuerzan en encontrar la solución al enigma. A pesar de ello, vos mismo lo habéis dicho, ha pasado mucho tiempo, el sepulcro sigue vacío y ahora más que nunca los rumores y las habladurías corren.

— ¿Más rumores? ¿Cuáles?

— Vos debéis ser el único que no los ha oído —sonríe el Conde—. Dicen que doña Teresa no está enterrada porque ha ascendido a los cielos, no solo en alma, sino también en cuerpo.

Don Alonso alza una ceja sorprendido.

— Habéis de saber que mi suegra era tenida por una santa, no solo en Torrijos, sino en muchos otros lugares —intenta explicar el Conde—. Y no seré yo el que lo niegue. Me constan sus muchas buenas acciones, su enorme piedad...

— ¿Queréis decir...?

Le interrumpe el Conde. Sus ojos bondadosos están llenos de preocupación.

— Yo no quiero decir nada, don Alonso, porque nada sé, excepto que este asunto está destrozando la salud frágil de mi esposa. Por eso os he llamado. Ayudadnos. Buscad la explicación de lo sucedido y mi gratitud y la de mi esposa no tendrán precio.

Estas últimas palabras no solo resuenan en la mente de don Alonso desde que fueron pronunciadas, sino también en la estancia donde él y Gabriel Vázquez charlan. Don Alonso ha contado a su amigo toda la escena y Gabriel Vázquez ha escuchado en silencio, sentado otra vez a la mesa que había abandonado tan solo un rato antes.

— Siempre creí —dice pensativo el alcalde— que el principal interesado en este asunto tendría que ser el hijo de doña Teresa, don Diego, el duque de Maqueda, y no su yerno.

Nada sabe don Alonso del hijo de doña Teresa y así lo dice. Gabriel Vázquez, en cambio, sí que lo conoce y, a juzgar por su cara, no es algo que le agrade demasiado.

— Es un hombre altivo como el diablo —le cuenta a su amigo—. Todavía recuerdo cuando llegó aquí, acompañado de numerosas personas. Entre todos pusieron patas arriba el convento de Santa María, que el pobre prior ya no sabía cómo tratarlos, y teníais que haber visto la cara del Duque cuando al fin se abrió el sepulcro y se comprobó que el rumor era cierto y que el cuerpo de su madre había desaparecido.

Y ahora es Gabriel Vázquez el que desgrana ante don Alonso sus recuerdos, que los tiene bien frescos en la memoria pues no hace tanto que el duque don Diego llegó a Torrijos dispuesto a poner del revés el pueblo.

Con el Duque iban secretarios y ayudantes con los permisos y papeles que vienen al caso, que se dice que hasta llevaban una bula papal pedida ex profeso para la ocasión. Le acompañaban también el corregidor, al que odia con toda cordialidad Gabriel Vázquez, el provincial de la Orden de San Francisco y dos definidores, todos ellos resueltos a poner freno de una vez a tanto rumor sobre el cuerpo de doña Teresa.

Gabriel Vázquez, como cabeza visible del pueblo de Torrijos, no tuvo más remedio que estar allí y le cuenta a don Alonso que la situación no pudo ser ni más triste ni más desagradable.

Se habían reunido todos en la iglesia del monasterio de Santa María, por orden expresa del Duque, que era el único que no acababa de aparecer.

Estaban esperándole los dos alcaldes del pueblo, uno de ellos, como hemos dicho, Gabriel Vázquez, que paseaba su inseguridad y su impaciencia de un lado a otro, desde las estatuas de mármol de los Cárdenas a las que sin querer miraba de reojo, hasta el altar mayor, sin darse cuenta de que en sus paseos preocupados daba una y otra vez la espalda, sin el más mínimo respeto, a la lamparilla encendida que indicaba la presencia del Santísimo.

Estaba allí también el prior del monasterio, fray Bernardo Montesinos, delgado, delgado, delgado, de una delgadez tan interminable que casi hacía olvidar que era humano, pero lo era, cómo no, y también se agitaba inquieto esperando la llegada del Duque.

Y el Duque llegó. Venía acompañado de fray Juan de Olmedillos, el provincial de Castilla, hombre ya viejo como lo era el propio Duque, así como de su secretario, del corregidor y de otros dos frailes, que luego se enteró Gabriel Vázquez, porque en ese momento nadie se los presentó, que eran los dos definidores de la Orden que antes hemos mencionado, fray Antonio de Pastrana y fray Juan de Marquina.

El Duque, elegante y ceñudo y sobre todo impaciente, golpeaba la palma de una de sus manos con los guantes que llevaba en la otra. Se cambiaron unas cuantas palabras y el prior mandó llamar a cuatro monjes del convento y, en el silencio profundo de la iglesia, profundo porque nadie hablaba y sobre todo porque nadie tenía ganas de hacerlo ni hubiera sabido qué decir, se procedió a retirar la tapa del sepulcro de doña Teresa.

Es una terrible escena que me cuesta imaginar porque no tiene parecido con nada que yo haya podido vivir, innecesario es decir que gracias a Dios.

Aun así, hagamos un esfuerzo, intentemos poner ante nuestros ojos la grandeza de la iglesia del monasterio, construida no hace todavía muchos años a instancias de doña Teresa y de don Gutierre. Imaginemos el enorme espacio de mármol blanco, labrado con tanta belleza, donde resuenan y se repiten los golpes que los monjes dan en la piedra del sepulcro. Imaginemos la luz tenue que se filtra por las ventanas y que es descompuesta por las vidrieras en mil colores, un rayo azulado que ilumina el altar, otro verde que tiñe de irrealidad la cara de don Diego y otro rojo, ya es casualidad, que da vida a las imágenes de piedra de los Cárdenas, que se diría que en concreto la de doña Teresa tiene una dulce carnalidad, tanta, que los monjes que se afanan a su alrededor se sienten incomodísimos y procuran no tocarla, no vaya a ser que la Señora de pronto abra los ojos y los mire de aquella forma suya, tan particular, mezcla de decisión y de humildad.

Qué pensará don Diego ante esta situación. Asiste silencioso a los trabajos, que ni el provincial ni los definidores y mucho menos el prior o Gabriel Vázquez se atreven casi a mirarle, no digamos a hablarle, y él venga a golpearse la palma de la mano izquierda con los guantes que sujeta con la derecha, como si estuviese fustigando algún pensamiento que tal vez no quisiera tener.

Se extienden por el aire, como susurros mal disimulados a pesar del ruido de la piedra, los rezos del prior y de fray Juan de Olmedillos que, con reverencia, los van desgranando por encima de la tumba que está a punto de ser violada. Y utilizo esta última palabra, fuerte donde las haya, a ciencia y conciencia, pues aunque las personas allí reunidas están haciendo lo que hacen con todo el derecho del mundo, no es en definitiva este el derecho que debe esgrimirse para la ocasión.

Cruje la piedra y se lamenta, empujada por los monjes. Don Diego se acerca impaciente y mira cómo la tapa de un sepulcro que se cerró hace ya más de seis años va siendo retirada. Primero, un poco, solo un poco, luego la grieta se ensancha y, antes de que los monjes puedan levantarla del todo, don Diego ve lo que hay dentro y su rostro se oscurece. Porque no hay nada. Nada, ni féretro, ni evidentemente cuerpo. La tumba está vacía, deshabitada y muestra su desnudez, cuadrado hondo de piedra pulida, a los ojos de los monjes, del prior, de los definidores de Castilla y de su provincial, del secretario de don Diego, del corregidor y de los alcaldes, uno de ellos Gabriel Vázquez. Y sobre todo muestra su desnudez a los ojos del Duque.

El silencio es tan profundo que invaden la iglesia, llegando desde fuera, las voces y las risas de los criados, los rebuznos y relinchos de las caballerías en las que, no hace todavía tanto, llegaron todos para su macabra tarea. Son sonidos incongruentes, casi profanos, que caen como piedras en los oídos de los que rodean la tumba. El Duque levanta los ojos y mira con desagrado, o tal vez solo sea desconcierto, hacia la puerta, y uno de los monjes corre sin mucha dignidad, las faldas del hábito arremangadas, a cerrarla.

Resuena el portón de la iglesia como una sentencia, como si dijera con su lenguaje mudo de goznes y cerraduras, ahí os quedáis todos con vuestro secreto, a ver ahora qué hacéis, y como nadie sabe muy bien cuál es el siguiente paso, miran primero a la tumba vacía y luego al Duque que hasta se ha olvidado de golpearse la palma de la mano con los guantes.

—Abrid la otra —dice de pronto el Duque.

Y todos se miran asombrados, los unos a los otros y después otra vez al Duque, pues comprenden de pronto su sospecha. Si ha desaparecido el cuerpo de su madre, puede que no esté tampoco el de su padre, el del insigne don Gutierre de Cárdenas, muerto hace treinta años. El prior se persigna asustado, Gabriel Vázquez, al lado del otro alcalde, niega con la cabeza desde hace un rato, aunque nadie podría decir si lo que niega es lo que acaba de ver o lo que acaba de oír, y definidores y provincial, Dios nos ayude y nos asista, parecen asustados. En cuanto al corregidor, se diría que ni respira e incluso los demás se olvidan de que está allí. Solo el secretario se atreve a acercarse al Duque y decirle algo en voz baja, faltan las órdenes y los permisos, esto es irregular y extraño. El Duque insiste tajante:

—Abridla.

Y se abrió, claro. Esta vez sin tanta ceremonia, aunque rezos no faltaron, pues los monjes, encabezados por el prior, no dejaron de hacerlo ni un solo momento a pesar de lo duro del trabajo o precisamente por ello, que andar abriendo tumbas tampoco es plato de gusto. Sin embargo, aquella segunda vez no hubo sorpresas, don Gutierre seguía en su sepulcro, siempre fue un hombre serio, y ni qué decir tiene que todos respiraron aliviados. Puede parecer absurdo este suspiro de alivio, lo sé, pero el alma humana es así, no es lo mismo perder a una madre, por muy triste que esto sea, que perder al padre y a la madre a la vez, y obsérvese que en este caso utilizo la palabra perder en sentido literal y no figurado.

Después de esta escena que estamos contando, hubo reuniones y asambleas, conciliábulos y entrevistas: estuvo el Duque con el corregidor y el corregidor con los alcaldes; los alcaldes se reunieron con el prior del monasterio que antes había hablado con el provincial de la Orden; el provincial, por supuesto, se puso de acuerdo con los definidores que a su vez ya se habían reunido con el Duque. Y en cada una de las conversaciones solo había una idea: hay que encontrar a doña Teresa. Hay que encontrarla.

Todo esto nos lleva de nuevo a don Alonso, que ha estado escuchando la historia de boca de su amigo Gabriel Vázquez.

— Lo que no acabo de entender —dice— es que, según lo que todo el mundo me cuenta, siempre existió el rumor de que doña Teresa no estaba en su sepulcro.

— Así es —asiente Gabriel Vázquez—. Es algo que siempre se oyó decir por el pueblo.

— Pero ¿por qué?

— ¿Por qué? ¿Y cómo voy a saberlo? Los rumores surgen porque sí, porque la gente habla sin pensar y dice lo primero que se le ocurre. No es la primera vez que esto pasa en la familia del Duque. Ya cuando murió su padre, don Gutierre de Cárdenas, se dijo que su alma vagaba en pena por tierras de Almería por haberse demorado la fundación de un convento de clarisas que tenía que haberse fundado allí, según había dejado dicho don Gutierre en su testamento. Pensad que don Gutierre y doña Teresa eran los señores de estas tierras y en torno a ellos giraba toda la vida de sus gentes. No es extraño que sigan hablando de ellos una vez muertos.

— Sí, aunque en esta ocasión los rumores tenían razón.

Asiente Gabriel Vázquez apesadumbrado.

— Decidme —dice don Alonso—, si de siempre existió el rumor y nadie hizo nunca demasiado caso, ¿por qué se decidió el Duque a abrir el sepulcro?

—Por culpa de don Beltrán Gómez de Toro que le volvió loco con su insistencia, lo mismo que a todo el mundo. Vos mismo me habéis contado que el conde de Miranda recibió de él varias cartas. En resumen, don Beltrán armó tanto escándalo que eso decidió al Duque a abrir el sepulcro y comprobar de una vez si el cuerpo de su madre seguía allí o no.

—¿Conocéis vos a Beltrán Gómez de Toro?

Gabriel Vázquez, molesto, dice que sí. Es evidente que el tal don Beltrán no es santo de su devoción.

—Es un alborotador que siempre ha causado problemas en el pueblo.

Parece sorprendido don Alonso al escuchar esto:

—¿No es un hombre muy mayor? Me han dicho que era capitán en tiempos de don Gutierre y don Gutierre murió hace ya treinta años.

—Así es, pero tened en cuenta que hay personas a las que la edad no templa el carácter —contesta Gabriel Vázquez—. Y don Beltrán es una de ellas. Incluso diría que los años no han hecho sino empeorar su temperamento. Aun peinando canas sigue siendo tan pendenciero y arrogante como cuando era joven. Todavía hay veces que, por un quítame allá esas pajas, hay que agarrarlo para evitar que se líe a mandoblazos con todo el que tiene delante. Creedme, don Beltrán no es un hombre de fiar. Él es el que ha iniciado todo esto, él es el que ha alertado a la familia y revolucionado a todo el mundo con sus cartas.

—Pero lo cierto —contesta con suavidad don Alonso— es que atina en lo que dice. No ha llegado a saberse qué ha pasado con el cuerpo de doña Teresa.

Al oír esto, suspira una vez más Gabriel Vázquez. Quizá piense que desde que desapareció doña Teresa los astros no le están siendo muy favorables. Él es de carácter sencillo y disfruta con sus tareas cotidianas de alcalde, un poco de justicia por aquí, un conflicto de intereses entre vecinos por allá, audiencias y visitas, nada complicado ni extraño. Y ahora, pobre hombre, no es difícil imaginar cómo se siente, enfrentado desde hace meses a un misterio tan profundo y sin haber podido averiguar nada, ni el cómo ni el cuándo de la desaparición del cadáver, ni, desde luego, el por qué. En ningún momento escatimó esfuerzos y, de hecho, todavía se estremece cuando piensa en todo lo que tuvo que hablar con unos y otros, interrogatorios monótonos y aburridos que no fueron nada fáciles dado el caso: «¿vio usted alguna cosa que le llamara la atención en algún día de estos últimos seis años? ¿Algo así como a alguien acarreando un féretro?». En fin, un desastre. Y lo peor de todo es que el misterio afecte a gente tan importante. En la mente de Gabriel Vázquez es como si le estuviesen mirando por encima del hombro no solo la cara insolente del Duque, que a eso ya se ha ido acostumbrando con el tiempo, sino, según acaba de enterarse por don Alonso, también la del conde de Miranda.

Suspira Gabriel Vázquez bastante desesperado, descontento con un destino del que no puede zafarse y, al levantar la mirada, se encuentra, no con los ojos del insolente Duque ni con los del conde de Miranda, sino con los de don Alonso que, quizá no es necesario decirlo, le miran con afecto.

A pesar de que esta noche, por primera vez en meses, don Alonso tiene a su disposición una cama limpia y blanda, no consigue conciliar el sueño. Quizá es que el aire, cuando está acostado, se resiste aún más a entrar en su pecho.

Por la ventana entreabierta escucha el canto de los grillos y el ladrido despistado de algún perro suspicaz y se asombra de la baja temperatura después de un día de calor insoportable. Es uno de los muchos aspectos que a don Alonso, hombre del norte, le extrañan de Castilla. En su tierra, poco calor hace de día y poco frío de noche, como si la noche y el día quisieran llegar a parecerse fundiéndose en un feliz intermedio: los días son grises y tibios, las noches también, y siempre parece que está atardeciendo, que nunca dejará de hacerlo. En Castilla, sin embargo, el día resplandece, estalla de luz y sol, dejando bien a las claras que el día es día, sin ambigüedades de atardecer, y que la noche tampoco se parece a nada, oscura, fresca, con el cielo negro tachonado de estrellas para que no quepa ninguna duda.

Pero dejémonos de románticas descripciones de la noche, más propias para otro tipo de historias, y centrémonos en lo que importa. Es de suponer que don Alonso, si es como hasta ahora lo hemos presentado, dedicará algún tiempo de esta su primera noche en Torrijos a poner orden en sus ideas y repasar los datos disponibles para iniciar su delicada investigación.

La cuestión principal es que el asunto de doña Teresa involucra a personas de mucha relevancia, algo de lo que Alonso de Oviedo es muy consciente. Ya el conde de Miranda, en su momento, le proveyó de la información necesaria y Gabriel Vázquez, en la conversación que ambos han mantenido durante la tarde, se la ha ido confirmando. En definitiva, que don Alonso está enterado de la vida y méritos de las gentes de las que tiene que ocuparse.

Repasa por tanto, don Alonso, ya en sus aposentos, notas y cartas, apuntes e informes que pueden serle útiles en aquellos primeros días en Torrijos.

Conoceremos así, por ejemplo, la alta alcurnia de doña Teresa, hija del Almirante de Castilla, don Alonso Enríquez, y por tanto, prima del rey don Fernando el Católico, puesto que la madre del rey y el padre de Teresa eran hermanos. Hoy sabemos, aunque no lo sepa don Alonso, o puede que sí pues las habladurías malintencionadas son muy madrugadoras, que por algún afán oscuro de ensuciar la memoria de esta señora, o tal vez de su marido, muy envidiado en la época, a doña Teresa se le colocó desde muy pronto el sambenito de bastarda del Almirante. No estoy yo muy ducho en materia de parentescos y heráldica, pero sé que en el siglo XVI era de estricto cumplimiento que los bastardos cruzaran su escudo con una barra diagonal de izquierda a derecha, barra de bastardía que, obvio es decirlo, no aparece en el escudo de doña Teresa.

Lo que sí sabe Don Alonso es que, siendo mucha la importancia personal de doña Teresa Enríquez, esta se vio acrecentada por su matrimonio.

—Don Gutierre de Cárdenas, como sabéis —había comentado Gabriel Vázquez a su amigo aquella primera tarde juntos—, fue una persona muy principal en la corte de los Reyes Católicos. Era comendador mayor de León, maestre de Santiago y Trece de la Orden, y contador de Castilla, entre otros muchos cargos.

Y en efecto, el marido de Doña Teresa había reunido nombramientos y méritos durante toda su vida, pues además de los títulos apuntados por Gabriel Vázquez, don Gutierre fue maestresala de la reina Isabel, mayordomo de los príncipes archiduques de Austria, primer adelantado mayor del reino de Granada, alcaide de los reales alcázares de Carmona, La Mota de Medina del Campo, Chinchilla y Almería, así como alcalde mayor de Toledo.

Tan grande fue su influencia que la mano de don Gutierre alcanza a verse en cualquier acontecimiento relevante de la época, empezando por el propio matrimonio de la reina Isabel con Fernando de Aragón, que negoció en persona. Incluso tuvo alojada a la reina en su casa en los inseguros inicios de su reinado. Desde ese momento, don Gutierre se convirtió en el principal consejero de los Reyes Católicos y nunca se separó de ellos, tomando parte en todas las empresas que los monarcas llevaron a cabo. Estuvo en la rendición de Málaga, fue la primera persona en entrar en Granada tras la conquista, recibió el encargo de redactar el tratado de Tordesillas, por el cual los reyes Católicos y Portugal se repartieron el Nuevo Mundo, y participó con diligencia en la política matrimonial de los soberanos: negoció los acuerdos matrimoniales de la princesa Juana la Beltraneja con el príncipe de Portugal y encabezó las escoltas tanto de la princesa Catalina cuando fue a casarse con el Príncipe de Gales, como de la princesa Juana cuando se casó con Felipe el Hermoso.

Tanto fue don Gutierre, no me resisto a contarlo, que en los tiempos en que vivió circulaba por los salones un chascarrillo que es posible que hasta el propio don Alonso conozca:

«Cárdenas y el Cardenal
y Chacón y Fray Mortero
traen la Corte al retortero»

Cárdenas era nuestro don Gutierre, por supuesto. El cardenal era Pedro González de Mendoza, arzobispo de Toledo, al que muchos llamaban el tercer rey de España, y fray Mortero, cuyo nombre era en realidad fray Alonso de Burgos, ostentaba el cargo de confesor de los reyes. En cuanto a Chacón, era el tío de don Gutierre de Cárdenas, con lo que la familia tenía nada menos que dos influyentes personajes en la Corte.

Todo esto, por supuesto, lo sabe don Alonso, que tiempo ha tenido de informarse antes de llegar a Torrijos. No obstante, en su conversación con Gabriel Vázquez, aquella misma tarde, había intentado aclarar otra cuestión que le tenía intrigado:

— ¿Qué es lo que unía a Gutierre de Cárdenas y a doña Teresa con el pueblo de Torrijos? —había preguntado a su amigo—. Porque tengo entendido que ninguno de los dos nació aquí.

— En efecto, doña Teresa era de Valladolid y don Gutierre, toledano, con casa en Ocaña. Sin embargo, fue en Torrijos donde fundaron su señorío.

— ¿Por qué?

— Lo desconozco. Sé que don Gutierre compró Torrijos y Alcabón al cabildo de la Catedral de Toledo. Más tarde unió, también por compra, otras villas como Maqueda, Val de Santo Domingo, Carmena o Quismondo. Así se fue engrandeciendo el Estado de Maqueda que, a pesar de su nombre, siempre ha tenido la capital en Torrijos. Santa Cruz de Retamar, San Silvestre, Gerindote… toda la zona forma parte de sus tierras, incluidos murallas y castillos.

— ¿Cómo es eso? Hace tiempo ya que los nobles tienen prohibido levantar fortalezas.

— Esa prohibición no afectaba a don Gutierre, está claro —había sonreído Gabriel Vázquez—. Vos mismo habéis visto las murallas de Torrijos cuando llegasteis. También construyó el castillo de San Silvestre y ha dado uso y esplendor al de Maqueda.

Don Alonso había asentido pensativo.

— Pero nunca se asentaron en esta villa.

— No de forma estable —había tenido que reconocer Gabriel Vázquez—. Pensad que sus muchos cargos los obligaban a estar al lado de los Reyes. Fue después de la muerte de don Gutierre cuando doña Teresa vino a vivir aquí y aquí se quedó hasta su muerte.

— Nunca mejor dicho —la sonrisa de don Alonso había sido tenue—, porque lo que es después de muerta no sabemos dónde para...

— Pronto lo sabremos, sin duda, ahora que ha llegado el excelso don Alonso.

Y el de Oviedo se había tragado, sin rechistar, el sarcasmo, consciente de que su comentario no había sido muy afortunado. Lo que ocurre es que don Alonso, ya tendremos oportunidad de verlo, suele poner en palabras, sin reparos, lo que tiene en la cabeza, y eso le ha traído problemas en más de una ocasión. Y no es que lo haga por falta de cortesía, al contrario. Don Alonso es, ya lo hemos dicho, muy educado. Es más bien que el de Oviedo tiene un carácter inquisitivo que suele ir directo al meollo, lo que es tanto más difícil de aceptar cuanto más imbuidos estemos de las reglas habituales y un tanto hipócritas de la cortesía. Aunque, sí, también es de justicia reconocer que el de Oviedo, además de todo lo anterior, no destaca precisamente por su tacto.

En cualquier caso, como estábamos contando, don Alonso, en su primera noche en Torrijos y después de esta conversación con Gabriel Vázquez, casi lamenta que el ilustre marido de doña Teresa lleve más de treinta años muerto. De estar vivo, piensa don Alonso, podría proporcionar algún motivo para la inexplicable desaparición del cuerpo de su esposa: ya se sabe, envidias, celos cortesanos, algún complot incluso, o un chantaje. Pero no le demos más vueltas, don Gutierre murió y murió hace mil años. Eso no hay quien lo cambie.

Sin embargo, la influencia de los Cárdenas, y eso da un poco de esperanza a don Alonso, no terminó con don Gutierre pues sus hijos son también personajes de renombre. Tenemos por ejemplo a su hija María. Ella, por sí misma, es evidente, no tiene demasiada importancia, recordemos que estamos en el siglo XVI donde las mujeres, y eso con suerte, eran poco menos o poco más que monedas de cambio para sellar pactos entre familias. El caso es que

María está casada con Francisco de Zúñiga, conde de Miranda del Castañar, cuyos títulos y méritos ya conocemos, incluido el de ser el responsable de que don Alonso se encuentre en Torrijos desvelado a las tantas de la noche. Quizá ahora se arrepienta el de Oviedo de haber aceptado la misión que tiene y, lo cierto, por contarlo todo, es que en su momento intentó zafarse.

— Sin duda —había dicho el día en que el conde de Miranda le hizo el encargo—, las autoridades municipales no tardarán en dar con la solución al misterio y mi intervención no será necesaria.

Reconozcamos que fue una respuesta bastante evasiva. No pensemos por ello que don Alonso pretendía desairar al Conde, no se hubiera atrevido a hacerlo, ni en realidad hubiera querido, dada, como hemos dicho, su amistad. Lo que temía don Alonso, y ya hemos visto que sus temores estaban fundados, es que no fuera aceptada su injerencia en un asunto que ya estaba en manos de las autoridades locales.

— No se trata de que llevéis a cabo una investigación oficial —había argumentado el conde de Miranda—. No quiero entrar en conflicto con quien está autorizado por mi cuñado don Diego para realizar esa tarea. No, de lo que se trata... —y había callado un momento buscando las palabras adecuadas para expresar su pensamiento—. Yo apreciaba a mi suegra, don Alonso —había sonreído, a pesar de la tristeza de sus ojos bondadosos—, y no me gusta la idea de su cuerpo perdido y su nombre en boca de todos. Desde que mi cuñado abrió la tumba y confirmó que el cuerpo había desaparecido han pasado muchos meses y seguimos sin saber cuál puede ser la explicación. Mi esposa parece encontrar algún consuelo en la idea de la santidad de su madre y su ascensión a los cielos y empiezo a pensar que mi cuñado, el Duque, también se ha conformado. A mí, con sinceridad, semejante idea me da un poco de miedo. Me han dicho que en Torrijos ya hay gente que peregrina hasta el sepulcro de doña Teresa y allí reza como rezaría ante las reliquias de una santa. ¿Comprendéis dónde puede acabar esto?

Y don Alonso había comprendido, que para eso no hay que ser ningún lince, que el Conde lo que temía era la intervención de la

Inquisición, el más temible de los tribunales, ante la sospecha de herejía, iluminismo o cualquier otro pecado igual de vago y terrible.

Esta actitud responsable y seria del conde de Miranda contrasta con la del hijo de doña Teresa, el duque de Maqueda. Como sabemos, don Diego ordenó primero a su gente de Torrijos, de una forma fría y casi hasta desagradable, que se pusieran manos a la obra y encontrasen sin demora el cuerpo extraviado. Luego, dicen las habladurías que se entretuvo quejándose, ante quien quiso oírlo, de que su madre, hasta después de muerta, no hacía más que causarle problemas y amargarle la vida. Y por último, empezó a murmurarse que el Duque le había cogido el gusto a lo de ser hijo de una mujer santa y ascendida a los cielos en cuerpo y alma, que los que quieren destacar encuentran que cualquier motivo es bueno para hacerlo.

No necesita don Alonso repasar sus notas para saber que este don Diego del que hablamos, el duque de Maqueda, es el primogénito de doña Teresa y Gutierre de Cárdenas, a quien el emperador Carlos V ha concedido el título no hace aún ni cuatro años. Es también adelantado mayor del reino de Granada, comendador mayor de Oreja de la Orden de Santiago, alcalde mayor de Toledo y, por mayorazgo, señor como lo fue su padre antes que él, de Maqueda, Torrijos, Alcabón, etc, etc. Por si fuera poco, está casado con una hija del marqués de Villena, que ostenta también los títulos de duque de Escalona, conde de Xiquena y Gran Maestre de la Orden de Santiago.

No tiene demasiada buena fama el duque don Diego, como le ha dejado caer Gabriel Vázquez a don Alonso. Dicen de él que es insolente y soberbio con sus gentes y servil y adulador con sus superiores. Quizá esto son solo palabras de los que le conocen poco y le envidian mucho. Habría que oír lo que dicen sus iguales, los amigos que no dependen de él ni de los que don Diego depende, pues sus comentarios no serán interesados.

Si sirve de algo diré que las crónicas, cuando lo nombran, ponen en su boca comentarios que, aun siendo algo maliciosos, demuestran un sentido del humor no muy usual en una época que nos pintan llena de hombres y mujeres muy serios, preocupadísimos siempre de altos empeños del tipo de «unamos la cristiandad bajo la brillante corona del emperador» o «guerra al infiel, sea moro o protestante».

No puedo evitar una inicial simpatía hacia este don Diego del que murmuran que, cuando hablaba, parecía más preocupado de que su intachable madre no se gastase todo su mayorazgo en fundar monasterios dejándole a él sin rentas que de los grandes problemas de la cristiandad. No sé, le hace parecer más humano, a pesar de que es posible que Gabriel Vázquez no estuviera de acuerdo conmigo. Es comprensible. Gabriel ha tenido que vérselas con el Duque no hace aún muchos meses, cuando este llegó a Torrijos con el ceño fruncido y palabras cortantes y se encontró con que, en efecto, su madre había desaparecido del sepulcro en el que estaba enterrada.

En fin, que don Diego y el conde de Miranda son los dos personajes más influyentes relacionados con el drama que estamos contando. Y no los únicos. Por completar la lista de títulos, aunque esta ya cansa hasta al propio don Alonso, nombraremos a dos personas más. Al hijo primogénito del duque don Diego, Bernardino de Cárdenas, nieto de doña Teresa y don Gutierre, que ostenta el título de marqués de Elche y que llegará a ser virrey y capitán general de los reinos de Navarra y Valencia, eso sin contar que por matrimonio está emparentado con el duque de Frías y conde de Haro, su suegro, caballero de la insigne Orden del Toisón. Y a uno de los hijos del conde de Miranda, también nieto por tanto del matrimonio Cárdenas, de nombre Gaspar de Zúñiga, sacerdote muy querido por su abuela doña Teresa y que llegará a ser obispo de Segovia, arzobispo de Santiago y, por último, cardenal.

Con tantos títulos y caballeros insignes implicados en el problema, ya que la desaparición del cuerpo difunto de una madre o abuela o suegra, según sea el caso, no es para tomársela a risa, siente don Alonso que la incomodidad que ha sentido desde el principio ante el encargo que tiene entre manos, se ha trocado ya, sin paliativos, en preocupación. Y no es que sea don Alonso, que ya le vamos conociendo, dado a nerviosismos banales, sino más bien frío y bien templado, pero hemos de reconocer que el asunto es peliagudo y que va a verse obligado a andar con pies de plomo. No nos extrañe, por tanto, que el hombre apenas duerma durante la noche y no indaguemos si la causa son los nervios a que hemos hecho referencia, el asma a la que le hemos condenado o, nada más, y tampoco sería tan raro, que extraña la cama.

Cuando amanezca encontraremos a don Alonso ya levantado y si buscáramos en su ánimo podríamos ver que el trabajo que le han encargado le pesa en el alma como le pesaría en los pulmones una carrera por las calles polvorientas del pueblo. Aun así, está dispuesto a cumplir sin dilación cada uno de los pasos que la lógica le dicte.

Sin duda el primero de estos pasos es conocer al ya muy nombrado don Beltrán Gómez de Toro, el que puso los perros en danza con sus cartas a unos y otros, pero don Alonso y Gabriel Vázquez ya acordaron la noche anterior dejar esta gestión para la tarde, cuando el alcalde, ya libre de sus obligaciones municipales, pueda acompañar a su amigo y presentarle de forma adecuada.

Aplazada pues esta entrevista, piensa don Alonso que sería buena idea enterarse de las disposiciones que la propia doña Teresa dejó escritas para su muerte. Sabe que el testamento, se lo dijo la noche anterior Gabriel Vázquez, se halla expuesto tanto en la iglesia del Santísimo Sacramento como en el monasterio de Santa María de Jesús, por disposición de la propia doña Teresa que quiso que así fuera para que lo pudiese ver y leer todo aquel que estuviese interesado.

Dispuesto por tanto a iniciar la jornada, don Alonso sale de su aposento. La casa está silenciosa y piensa que quizá se ha levantado demasiado temprano para el gusto de sus anfitriones. Un poco despistado, va de aposento en aposento y diré, aun a riesgo de mostrarme malintencionado, que parece que quiere evitar a alguien, a alguien concreto, a alguien con ojos sumisos y una voz que no armoniza con su aspecto. En cualquier caso, solo encuentra en las estancias a sirvientes y criados que se afanan en sus quehaceres. Una moza rolliza, de rostro simpático, a su requerimiento le sirve en una bandeja un desayuno del que apenas sabe qué comer: hay buñuelos, picatostes, frutillas, cazolillas y tortas, pan, mantequilla, almojábanas de masa y queso, tortilla de huevos y hasta torreznos.

— Cómalo todo, señor, y muy pronto, como dice el ama, le haremos entrar en carnes.

No contesta don Alonso a la inmensa sonrisa que le regala la criada y con desgana picotea aquí y allá, dejando sin probar más de la mitad de los manjares con que la pobre Isabel piensa engordarle.

Acabado el desayuno, sale de casa, deshaciéndose de los criados empeñados en acompañarle. Su gusto por pasear solo es costumbre antigua, de cuando estudiante, y la ha mantenido con los años. Allá, en Oviedo, disfrutaba cada día de las calles empedradas, húmedas, a veces de la niebla, otras veces de la lluvia, que le llevaban hasta la catedral donde gustaba de oír misa primera por no haber a esa hora demasiada gente.

El paseo por Torrijos no tiene el mismo sabor. A pesar de la hora tan temprana ya hay un sol despiadado que no deja ni matices ni sombras. El cielo es azul, sin límites, sin paliativos, sin una sola nube que lo suavice, y hay un cierto ajetreo campesino que a don Alonso le resulta desordenado y sin sentido: caballerías y mulas conducidas hasta la fuente de la plaza, perros que ladran, carros cargados de aperos, guirigay de gallinas en todos los corrales y voces profundas, algo secas y entrecortadas.

Las calles son estrechas, pero al ser bajas las casas, de uno o dos pisos, no ofrecen ese aspecto recóndito que tienen las de su tierra. Además, la mayor parte de ellas no están empedradas y el polvo seco del verano se embarra en el arroyo maloliente que circula por el centro. Esquiva como puede don Alonso el polvo y el barro, y al llegar a la plaza principal se olvida de mirar al suelo, pues sus ojos quedan cautivados por la hermosa fachada de la iglesia del Santísimo Sacramento que se alza ante él.

Le gusta en especial a don Alonso el aspecto nítido que tiene la fachada. Por primera vez desde su llegada, la comparación con la piedra negruzca de las iglesias de Oviedo es desfavorable para su tierra. La iglesia de Torrijos es luminosa y cada detalle que observa parece aumentar más aún esa sensación de luz en calma: el arco de medio punto, tan ancho, las columnas rosadas, los pequeños nichos deshabitados, el calado de la piedra, pródigo y menudo.

El interior de la iglesia es fresco y, viniendo de la luz radiante de la calle, oscuro. De nuevo, como le pasó el día anterior al entrar en la casa de su amigo Gabriel Vázquez, la oscuridad del interior le deja ciego durante unos instantes. Y también como el día anterior, al irse disolviendo la oscuridad, la luz pinta en el aire el desgarbado perfil de Isabel. Don Alonso, en silencio, se aparta para dejar pasar a la niña que, con los ojos bajos y las mejillas arreboladas, tuerce el talle, recoge con recato el vuelo de su vestido y se adentra en la iglesia seguida de su criada.

Observa don Alonso cómo Isabel se acomoda cerca del altar mayor, mientras la iglesia va siendo poco a poco iluminada. No mucho después, es evidente, se va a celebrar el Santo Oficio. En su tierra, en Oviedo, don Alonso prefiere asistir a la misa de la luz o misa de la aurora, porque a esas horas tempranas, el ambiente, los rezos y hasta el espíritu, son más lúcidos, pero ya que está allí, en ese momento y en ese lugar precisos, decide asistir al sagrado acto y se apoya en una columna, muy detrás de la inquieta espalda de Isabel.

Poco a poco la iglesia ha ido quedando iluminada, mostrando todo su esplendor y riqueza: cientos de velas, candelabros de oro y plata y los mismos metales preciosos en sagrarios, ornamentos y vasos sagrados, flores, manteles en los altares, tapicerías y sedas. Los mozos de coro, que hasta veinte cuenta don Alonso, ocupan ya su sitio y elevan sus voces claras.

Tal esplendor distrae a don Alonso del recogimiento que el oficio merece y se entretiene mirando a su alrededor. Le gusta la anchura de las naves de la iglesia, más alta la central que las laterales que, a su vez, se abren en pequeñas capillas. Rompiendo la nave principal está el coro, con sillería de nogal muy trabajada. No obstante, lo que más llama la atención de don Alonso, por raro, es la ruptura de la simetría a la derecha del altar mayor, donde hay señales en el muro de haber estado abierto, aunque en ese momento está tapado con tapiería y clausurado con una reja. La explicación a algo tan extraño la encontrará don Alonso no mucho después, en cuanto lea el testamento de Teresa Enríquez, en donde ella explica que, dada su «flaqueza y edad», mandó hacer un pasadizo desde las casas nuevas en las que vivía hasta la iglesia, si bien tras su muerte pretende que se deshaga todo y quede el muro de la iglesia como estaba.

Terminado el oficio, se dirige don Alonso a la sacristía dispuesto a empezar de una vez con su trabajo. Se siente incómodo y sus pasos son rápidos e impacientes. Ha observado, casi por el rabillo del ojo, pues apenas se ha detenido lo suficiente como para verlo con claridad, que Isabel le buscaba sin disimulo entre la gente.

La premura con la que don Alonso ha esquivado la mirada de Isabel y ha penetrado en la sacristía, sin detenerse ni aun para saludarla, no ha sido nada elegante. Sin embargo, no se para en ese momento don Alonso a analizar demasiado, nunca somos más ciegos que cuando no queremos ver, y se justifica a sí mismo pensando en lo urgente de su trabajo. Tal vez si Isabel hubiese sido bonita la prisa de don Alonso no hubiera sido tanta, pero eso nunca lo sabremos porque Isabel, definitivamente, no es bonita. Allí, donde ha quedado, de pie en medio de la iglesia, iluminada por la temblorosa llama de las muchas velas que hay encendidas, su rostro parece aún más largo de lo que lo habíamos descrito y sus labios aún más finos y apretados y sus ojos aún más chicos y la largueza de su cuerpo, todavía un poco adolescente, parece aún más desgarbado y pobre, sin una sola de las curvas y redondeces que suelen tener las mujeres. Que haya en sus ojos una llama de anhelo y esperanza, tan pronto apagada por la rápida huida, sí, huida, no le demos más vueltas, de don Alonso, no hace sino aumentar su aspecto de perrillo apaleado.

Todo esto, como digo, no se ha parado a considerarlo don Alonso que ha salido casi corriendo en dirección a la sacristía. Es verdad que siente algo de incomodidad, pero lo achaca al hecho de haberse distraído durante la misa y, en efecto, mientras penetra en la sacristía, sin dedicar ni siquiera un pensamiento a esa pobre Isabel que ha quedado sola y desairada en la iglesia, su mente está ocupada en comparar las misas del alba de su tierra, solitarias y espartanas, con el despliegue de lujo y boato que acaba de presenciar.

Llega a la conclusión, lo que le satisface y acaba con su malestar, de que el carácter castellano, alabado desde siempre por su sobriedad, pareja a la de la propia tierra, es dado de vez en cuando a estos excesos, como si así compensara de algún modo la parquedad habitual.

Es un poco absurdo, lo sé, que don Alonso se entretenga con estos pensamientos para no pensar en Isabel y quizá no debiera ni contarlo. Si lo hago es, en cierto modo, por conocer un poco más a nuestros personajes, que no todo va ser ceñirse al hilo de la historia. Y total, tampoco nos perjudica tanto saber que don Alonso es tímido con las mujeres y que la pobre Isabel, en cambio, como buena adolescente, ve un posible amor en cada hombre que conoce.

Don Alonso ha abandonado la iglesia dejando atrás a Isabel y ha penetrado en la sacristía, donde encuentra a dos personas. Una de ellas es un muchacho de unos diez o doce años, vestido con ropas humildes, aunque limpias y bien cortadas, que se dedica, con más buena voluntad que eficacia, a barrer por los rincones. La otra es un capellán, de nombre Lorenzo de Figaredo, que al conocer el encargo e identidad de don Alonso se pone a su servicio.

Lorenzo de Figaredo es un hombre de corta estatura y no mucha más inteligencia y además demasiado hablador para el gusto personal de don Alonso. Eso sí, tal facilidad de palabra ahorra la necesidad de hacer preguntas, lo que siempre es cómodo. Pronto advierte el de Oviedo, sin embargo, que tiene con Lorenzo de Figaredo un problema de entendimiento, ya que el capellán está convencido de que en la desaparición de doña Teresa no hay nada que investigar.

— ¿Qué pensáis encontrar, señor, si los milagros no dejan traza ni huella? Si Nuestro Señor Jesucristo decidió, por su divina gracia llevarse a doña Teresa consigo en alma y cuerpo, ¿pensáis que habría de dejar una nota para satisfacer las humanas curiosidades?

Sonríe don Alonso ante semejante posibilidad y se da cuenta de que el muchacho que anda barriendo la sacristía también sonríe, bajando la cabeza para que no lo vean. Sospecha don Alonso que al muchacho lo que le hace gracia es el tono engolado del capellán que, ajeno a todo, sigue hablando.

— Doña Teresa era sin duda una santa y como tal estará en el lugar que le corresponde. No debemos nosotros, pobres humanos, dudar de los divinos designios.

Asegura don Alonso que él no duda de los divinos designios, sino de las humanas flaquezas y, antes de que el capellán vuelva a insistir en los propósitos divinos que parece que conoce tan bien, le pregunta por la Señora.

— ¿Vos la conocisteis?

— Desde luego —contesta Figaredo—. Doña Teresa me nombró en persona para ocupar la capellanía que ocupo. Y es que habéis de saber que el cabildo cuenta con un total de doce capellanes: yo soy uno de los dos sochantres. También hay capellán organista, capellán encargado del cuidado de todo lo necesario para los divinos oficios, maestro de capilla y capellán obrero para la obra y fábrica de la iglesia. E incluso dos visitadores de iglesias pobres. Y están, además, el sacristán, el campanero que tañe las campanas y mantiene todo limpio, el tesorero, el contador, el procurador de negocios de la iglesia, el escribano o notario, el secretario capitular, el pertiguero que guarda el coro y llama a los capellanes a cabildo, los diáconos y subdiáconos y hasta un perrero.

Escucha don Alonso con paciencia, asintiendo con amabilidad, y en cuanto el sochantre hace una pausa intenta encauzar la conversación para que no se le desvíe demasiado del asunto que le interesa.

— Así que doña Teresa era una mujer muy religiosa...

— Era una santa, ya os lo he dicho.

— Una santa ¿por qué? —pregunta con algo de brusquedad el de Oviedo— ¿Qué hacía para que vos y otros con los que he hablado la califiquéis así?

Figaredo abre los ojos con asombro, pues jamás se le hubiera ocurrido que alguien pudiera hacerle semejante pregunta. Don Alonso toma nota del asombro del capellán y también de la media sonrisa del muchacho de la escoba, que es evidente que encuentra más entretenida la conversación que su trabajo.

— Doña Teresa dedicó toda su vida y su fortuna a Dios —explica el sochantre—, hasta el punto de que el mismo Santo Padre la llamaba con admiración «La Loca del Sacramento». De hecho, en honor del Santísimo construyó esta iglesia y organizó nuestro cabildo. Una de las principales tareas que nos asignó fue la de visitar las iglesias del reino y llevar a las más pobres, en su nombre, sagrarios, manteles bordados y todo lo necesario para que el Santísimo esté atendido como debe. Fundó también monasterios como el de Santa María, que está a las afueras del pueblo, y organizó cofradías para veneración de Nuestro Señor. La nuestra es la Cofradía del Corpus Christi, que funciona igual que la que doña Teresa fundó en Roma y que se está extendiendo por todos los reinos e incluso por el Nuevo Mundo. Otra cofradía fundada por ella es la de la Preciosa Sangre de Nuestro Señor Jesucristo, en Toledo, que tiene como misión ir cada noche por las calles pidiendo por las ánimas del purgatorio. ¿Os parecen pocos motivos para llamarla santa?

— No, supongo que no —contesta don Alonso y, antes de que el capellán pueda seguir hablando, se interesa por el asunto que le ha llevado allí—. Me han dicho que la Señora dejó al cabildo una copia de su testamento para quien quisiera consultarla.

— Así es —admite Figaredo algo desconcertado por el cambio brusco de tema.

— ¿Podría verla?

— Desde luego —contesta el capellán con disgusto, que no es agradable que a uno le corten la conversación de esta manera—. Tendréis que esperar un momento mientras voy a buscarla.

Don Alonso asegura que no le importa esperar lo que haga falta y el capellán sale de la sacristía.

— ¿Cómo te llamas, muchacho? —dice don Alonso acercándose al chico de la escoba.

— Hernando, señor.

— Nombre de conquistador.

El muchacho, todo ojos, deja vagar por su rostro una sonrisa simpática.

— Dime, Hernán, ¿por qué sonreías antes? ¿Qué es lo que te hacía gracia?

El muchacho se encoge de hombros y se inclina sobre su escoba. Es de suponer que teme una reprimenda, aunque don Alonso le ve la cara lo suficiente como para darse cuenta de que no es tan tímido como intenta parecer. Insiste, esta vez con voz más amigable.

— ¿Es que tú no crees que la Señora fuera una santa?

El muchacho alza la cabeza.

— Yo no sé nada de eso —contesta—. Ni sé nada de cofradías y fundaciones y esas cosas de las que os ha hablado el capellán.

— ¿Conociste a doña Teresa?

— Sí, señor —dice el muchacho—, la conocí.

— ¿Y cómo era? —pregunta don Alonso. Es la misma pregunta que un rato antes le ha hecho al capellán y, esta vez, la respuesta tarda más en llegar.

— No sé. Era buena.

El chico, pensativo, busca palabras para dar forma a sus recuerdos. Es difícil, porque por muy atrás que lleve su memoria la Señora siempre está ahí: vestida de negro, frágil y arrugada, y con unos ojos tan vivos como los de una muchacha.

Le parece estar viéndola, como la vio de chico todas las mañanas, cuando les llevaban, a él y a los otros niños de La Piedra, a desayunar al palacio después de haber oído la misa cantada. La Señora entraba en el comedor y se dejaba besar por todos, y fray Fernando de Contreras, su preceptor, les regañaba temeroso de que, con tanto mimo, acabaran por hacerle daño. Ella sonreía, repartía caricias y luego ponía orden. Bastaba una palabra suya para que todos se calmaran y empezara el desayuno. A todos les parecía que la leche estaba más buena, más cremosa y más blanca, si era ella quien la servía. Iba despacito, uno a uno, temblándole la jarra en las manos y sonriendo mientras les llenaba el vaso. Y es que la Señora sabía siempre quién merecía una reprimenda y quién un halago y el que lo recibía se sentía morir de vergüenza o transportado al séptimo cielo, según fuera su caso. Qué curioso. Ella lograba con su sola presencia que ser un niño de La Piedra, un expósito, un niño abandonado, no solo no fuera tan malo, sino incluso que pareciera un regalo de la fortuna: todos comían bien, todos tenían ropa y cama, todos estudiaban con fray Fernando letras, números y canto. Cuántos niños con padre y madre pasan mucha más necesidad. Y los que piensen que esos niños, a cambio, tienen el cariño de una familia es, por un lado, que no conocieron a la Señora, que ella daba cariño a manos llenas, y por otro, que no saben mucho de la vida de los pobres, que la miseria, cuando se pone, es capaz de tragárselo todo, incluido el amor de los padres. Y él sabe bien lo que dice cuando habla de miseria, que antes del colegio de La Piedra hubo otro lugar, otra vida, aunque no podría, ni queriendo, traducir ese recuerdo en palabras, ya que lo único que queda en su memoria es un algo gris y desolado, el retazo de un dolor agudo en el estómago, que ahora sabe que era hambre, y un frío eterno, pues tal vez nació ya tiritando. Y como ruido de fondo, surgiendo del dolor y la oscuridad, en lo más hondo, hay un lamento, un gemido quejumbroso que sería incapaz de decir si era suyo, de la triste mujer que ni siquiera recuerda, aun sabiendo que fue su madre, o de los niños esqueléticos y exánimes que murieron antes de que él tuviera suficiente edad como para comprender que eran sus hermanos. El destino, al pequeño Hernán, le reservaba otra suerte. Un buen día se encontró ante la Señora y ella, mirándole con sus ojos claros, le posó una mano temblorosa, arrugada y llena de ternura, sobre el pelo. A partir de ahí, toda su vida cambió, como cambió también la vida de muchos otros que la conocieron. Qué pena que fuera tan anciana... Cuando murió, todos se quedaron huérfanos de nuevo, con una orfandad tan grande que no ha habido forma de llenar el hueco. Desde entonces, está vacío el comedor del palacio, sin pan mojado en leche y en risas; está vacío el patio, sin las voces de los que iban en busca de esperanza; está vacío el asiento principal de la Colegiata y los niños del coro no tienen ya a quien cantarle.

— La querías mucho, ¿verdad? —dice don Alonso.

Hernán sonríe con tristeza, aún aferrado a su escoba.

— Sí, la quería.

Don Alonso, al oír la respuesta, se siente un poco mezquino. Hasta ese momento, la Señora solo ha sido en sus pensamientos, un misterio, un cadáver anónimo que hay que encontrar. Y ha tenido que llegar un muchacho, pertrechado con sus recuerdos y su escoba, para que él fuese capaz de ver en doña Teresa algo más.

No tiene don Alonso demasiado tiempo para reflexionar sobre esta idea, pues le interrumpe el capellán que vuelve con el testamento. Lorenzo de Figaredo sigue un poco seco porque aún le escuece que don Alonso no le dejara hablar todo lo que a él le hubiese apetecido. Le queda, no obstante, la suficiente amabilidad como para llevar al de Oviedo hasta la sala capitular y dejarle allí, bien instalado, con el testamento de doña Teresa delante.

A partir de ese momento, a don Alonso se le pasará el tiempo sin sentir. Si es como hasta ahora lo hemos imaginado tenemos suficientes pistas como para saber que se siente a gusto entre papeles y documentos, tal vez porque es un hombre introvertido, quizá porque su enfermedad le ha alejado desde siempre de ocupaciones más activas o, nada más, por inclinación natural. Durante casi tres horas, solo en la sala capitular, ya que Lorenzo de Figaredo ha tenido la delicadeza de marcharse, algo muy de agradecer porque con su carácter hablador hubiera sido imposible trabajar, don Alonso repasa la copia del testamento de doña Teresa.

Poco puede imaginar el pequeño Hernán, que se ha quedado barriendo en la sacristía, hasta qué punto sus palabras y sus recuerdos han hecho mella en don Alonso. El de Oviedo, a pesar de ser un hombre de letras y estar acostumbrado a los testamentos, sentirá, al leer el de doña Teresa, que se le encoge un poco el alma.

«Sepan cuantos esta carta de testamento vieren cómo yo, doña Teresa Enríquez, mujer que fui del comendador mayor de León, don

Gutierre de Cárdenas, mi señor, que santa gloria haya, estando yo, la dicha doña Teresa, en mi seso y entendimiento y juicio natural, tal cual Dios nuestro Señor me lo quiso dar, de mi propia libre voluntad, otorgo y ordeno este mi testamento y postrimera voluntad...»

Qué tajante frase: ordeno este mi testamento y postrimera voluntad... Qué tajante, piensa don Alonso, y qué vana. Las últimas voluntades casi siempre lo son, porque si hay algo que en definitiva ya no es cuestión de voluntad del muerto es precisamente el cumplimiento de sus deseos una vez abandonada la vida, que eso dependerá del buen ánimo de los que quedan, parientes en el mejor de los casos, con otras vidas, otros deseos y, sobre todo, otras voluntades. Y de nada sirve dejarlo todo por escrito con tanta claridad como hizo doña Teresa:

«*Primeramente: mando mi ánima a Dios nuestro Señor que la crió y redimió con la su preciosa sangre, y el cuerpo a la tierra donde fue formado. Y cuando Dios fuere servido que yo salga de esta vida presente, quiero que vaya vestido en hábito del señor san Francisco, y que mi cuerpo sea enterrado en el monasterio de Santa María de Jesús, extramuros de esta mi villa de Torrijos, en el enterramiento que allí tenemos el dicho comendador mayor, mi señor, e yo.*»

En fin, piensa don Alonso, que hasta en lo más sencillo, hasta en aquello en que se supone que no hay interés de ningún tipo, como es el lugar donde ha de descansar su cuerpo, se ha traicionado la voluntad de la Señora. Y no solo porque el cuerpo no esté donde ella dejó dicho que se pusiera, sino porque, y eso no podrá llegar a saberlo nunca don Alonso, ni sus deseos más íntimos y más secretos serán respetados cinco siglos después de su muerte.

En cualquier caso, la lectura del testamento le permite a don Alonso no solo conciliar las dos imágenes que ese día le han dado de doña Teresa, la de la mujer religiosa hasta la obsesión de Lorenzo de Figaredo y la de la señora bondadosa y cercana del muchacho de la escoba, sino incluso descubrir a una nueva Teresa Enríquez, de voluntad firme e inteligencia clara, algo que quizá don Alonso no esperaba encontrar. O no esperaba encontrármelo yo. El apelativo de «la Loca del Sacramento» con que la historia la ha distinguido no deja mucho a la imaginación: de una loca, por muy de Dios que sea, no tiende uno a esperar gran inteligencia. Y a pesar de ello, como comprueba don Alonso y de su mano yo mismo, doña Teresa fue una mujer muy inteligente, con propósitos claros y bien definidos, que además supo llevar con gran eficacia a la práctica.

La mayor parte de su patrimonio pasaba entero, gracias a las leyes de mayorazgo de la época, a su primogénito, Diego de Cárdenas. Doña Teresa lo tuvo en usufructo durante casi treinta años y no solo lo conservó intacto, sino que supo gestionar con eficacia las rentas y hacer con ellas numerosas fundaciones. A través del testamento va averiguando don Alonso cuáles fueron estas fundaciones y de qué manera debían ser dotadas y cuidadas después de la muerte de doña Teresa.

Son, sobre todo, fundaciones franciscanas, como los monasterios de la Concepción y de Santa María de Jesús, en Torrijos, otro de la Concepción en Maqueda y otro más en Usagre, así como el de las Puras, en Almería. También fundó un monasterio de San Agustín en su taha de Marchena, en Huécija, y mandó construir, como ya sabemos, la Colegiata o iglesia del Santísimo Sacramento, en Torrijos. En ella estableció la cofradía del Corpus Christi que luego se extendió a otros lugares de España y, como ya ha contado Lorenzo de Figaredo, creó la cofradía del Santísimo Sacramento, en Roma, y la de la Preciosa Sangre de Nuestro Señor Jesucristo, en Toledo. Terminó de dotar y construir el hospital de la Santísima Trinidad, obra que había empezado su esposo don Gutierre, y por su cuenta construyó el hospital de Nuestra Señora de la Consolación, cerca de San Gil. Por último, y una vez pagadas las misas de réquiem por su alma, la de su esposo y la de su hijo Alonso, muerto joven, así como por las ánimas del purgatorio y las almas de los Reyes Católicos a quienes durante tantos años sirvió, y saldadas todas sus deudas y mandas, dejó como universal heredero de todo aquello que poseyó, al margen del mayorazgo, al cabildo del Santísimo Sacramento, para que todo fuera convertido en objetos de veneración del Santísimo y en rentas que debían dedicarse a la redención de cautivos de los moros y a dotes y casamientos de doncellas huérfanas.

Cuando unas horas después, don Alonso levante los ojos de los papeles que tiene delante y estire los brazos y la espalda, pensará que ha sido una buena idea haber leído el testamento, pues aunque nada práctico haya descubierto, sigue sin saber dónde está el cuerpo de doña Teresa, ahora le parece tener una idea más clara de cómo fue la Señora de Torrijos.

A alguien le podrá parecer que para esto tampoco era necesario enviar a don Alonso a un tiempo tan lejano. Cualquiera puede conseguir una copia del testamento de doña Teresa y hasta otra copia de los estatutos que rigen la cofradía del Santísimo Sacramento, esa misma de la que está tan orgulloso Lorenzo de Figaredo, con su prolija dotación y su organización espléndida. Tal vez se pueda pensar que el error ha sido enviarle a ese tiempo preciso, demasiado alejado ya de la vida de doña Teresa, recordemos que lleva muerta más de seis años, y por tanto de las razones o motivos que la impulsaron.

La única explicación de por qué he escogido este momento concreto y no otro cualquiera es porque nunca se habla de él. ¿Qué pasó cuando la gente de Torrijos supo que su Señora había desaparecido del sepulcro en el que estaba enterrada? ¿Qué pensaron? ¿Qué sintieron? ¿Qué hicieron? ¿Hubo alguien más afectado que los demás? ¿Alguien a quien la noticia de esa desaparición que, no es necesario decirlo, tiene tintes sacrílegos, le llenara de angustia el alma?

Es cierto que está su familia: María, condesa de Miranda del Castañar por su matrimonio, y el duque don Diego, y sus nietos, el sacerdote Gaspar y Bernardino, marqués de Elche, y otros que no hemos nombrado. Pero por lo que sé, o mejor dicho, por lo que sabe don Alonso, todos ellos están lejos y siguen con sus vidas. Eso no quiere decir, ni mucho menos, Dios me libre de hacer, ni por boca de don Alonso, afirmaciones tan tajantes, que no estén preocupados. Es más, ya hemos dicho que lo están, cada uno a su estilo, el Duque ordenando que se encuentre el cuerpo, María postrada en la cama, y su esposo, el conde de Miranda del

Castañar, enviando por su cuenta a don Alonso. La sorpresa ha sido descubrir que además de la familia hay otras gentes, como el niño de la escoba, que sienten en el alma la desaparición de doña Teresa.

En cualquier caso, si de momento don Alonso no ha descubierto nada, tampoco es de extrañar. No hace aún ni veinticuatro horas que está en Torrijos. Démosle un voto de confianza y dejémosle que, en estos primeros momentos, tome contacto con la realidad torrijeña.

Ya conoce la iglesia del Santísimo Sacramento, hermosa de verdad. Después de la lectura del testamento y de las conversaciones con el charlatán Lorenzo de Figaredo y con el niño de la sacristía, decidirá don Alonso volver a casa de su amigo Gabriel Vázquez. Y si alguien piensa que no se ha matado trabajando en su primera mañana en la villa, recordémosle no tanto aquello de que los pulmones de don Alonso no están para muchas prisas, como el hecho indiscutible de que los ritmos, incluso diría el propio tiempo, no son los mismos ahora que en el siglo XVI. Hoy no solo no nos habríamos afanado de un lugar a otro, sino que toda la tecnología de nuestro mundo hiperconectado habría soltado chispas a nuestra instancia y sin duda, en escasos minutos, hubiéramos dispuesto de toda la información necesaria. Hasta podríamos haber visto, desde el salón de nuestra casa, la capilla que doña Teresa fundó en San Lorenzo in Dámaso, en Roma, y haber leído, algo impensable para don Alonso, aunque que sin duda le hubiera gustado, la inscripción que todavía hay en ella:

D.O.M.
Illvstris Genere sinceraq. fide ac ve
ra pietate illustrior Teresia Enriques.
catolicae Hispaniae clarum decus
evi paternum et jugale stemmate niti
tur et refulget. Hoc saccellum honori
sacristissimae Eucharistiae cuius ar
dore flagrat religiosum pectus or
navit, instruxit. Dotavit anno sal
vtis M.D.VIII [1]

---

1 *A Dios Optimo Máximo./Teresa Enríquez, ilustre por su sangre y/ más*

Sin embargo, y a pesar del despliegue de medios, no estoy muy seguro de que hubiésemos averiguado, a lo largo de una mañana, mucho más que don Alonso. Creo que la Naturaleza se compensa a sí misma y para equilibrar la lentitud o la rapidez a la que nos obligan los medios de que disponemos, en cada ocasión, estira o acorta el tiempo.

Muchas palabras son para decir que don Alonso se lo toma con calma. Cuando sale de la iglesia apenas son las doce de la mañana y aunque es posible que tuviese la idea de seguir investigando, el calor, el sol omnipotente del mediodía, le disuaden.

En comparación con el frescor de la Colegiata es como si le asaltaran de golpe toda la luz, todos los sonidos, las voces, los olores, de un pueblo despierto y afanoso: arrieros que llevan en cada arruga impresa para siempre la oscura huella del sol, labriegos de voces broncas y entrecortadas que parecen tan secos como la misma tierra con la que bregan todos los días, garridas mozas de sayas arremangadas y vistosos refajos que ríen al son del agua que llevan en los cántaros, oscuras comadres, aplastadas por mil años de afanes, que murmuran a la sombra de portales entreabiertos, pilluelos descamisados que corretean sin cuidado entre humanos y bestias. Todo ello bajo el sol despiadado que hace brillar la piel y la humedece: sudor, calor, hombres y mujeres, animales: burros, asnos, caballos, gatos, perros, gallos y gallinas, que también charlan en ese su idioma bárbaro.

Y entre todos los olores, aquel extraño que ya notó don Alonso el día de su llegada:

— Eh, buen hombre, ¿qué olor es este que inunda el pueblo?

Le mira extrañado el labriego, levanta la cara y se afana en oler algo extraño, algo distinto al olor que lleva de siempre metido en las entrañas:

— Yo no huelo nada.

---

ilustre aún por su sincera fe y verda-/dera piedad, claro ornamento de la católi-/ca España, a quien dan nuevo esplendor los/timbres de su padre y marido, en honor de/la Santísima Eucaristía, cuyo celo abrasa-/ba su religioso pecho, adornó y levantó y/dedicó esta capilla en el año del Señor/1508.

¿Nada? Nada que sea distinto: el estiércol, los corrales, el riachuelo inmundo que corre por el centro de la calle, el grano y la paja almacenados, los restos de antiguas matanzas, los pucheros hirviendo en los hogares de cada casa, el sudor honrado del que trabaja la tierra, el perfume que deja a su paso alguna moza que adorna su cabello con flores, los perrucos que corretean alrededor de la fuente, el pelo tupido y emplastado de las mulas, los bueyes, las ovejas y los asnos. Nada, nada extraño.

Siguiendo su fino olfato se dirige don Alonso hacia el oeste, por detrás de la Colegiata y otro severo edificio que adivina se trata del hospital de la Santísima Trinidad. Continúa su paseo por calles más tranquilas, alejadas del bullicio de la plaza de la iglesia, que parecen dormir inamovibles desde hace siglos. Lo mira pasar algún gato estirado en lo alto de una tapia, con los ojos guiñados en una mezcla de placer y desprecio que solo conocen los gatos, y desde alguna ventana, el rostro en penumbra de un anciano, demasiado cansado para salir de la plácida soledad de sus cuatro paredes encaladas.

Poco a poco, el olor se hace más intenso, hasta el punto de que don Alonso saca un pañuelo perfumado de ámbar y se lo lleva a la nariz.

El aspecto del pueblo ha cambiado. Se alzan ahora molinos de aceite donde antes había casas: sólidos y grandes, se mueven con lentitud, mientras los jornaleros, indiferentes, apenas levantan la vista un segundo para posarla sobre la figura del caballero. Detrás de los molinos, un enorme montón de desperdicios.

Aprende don Alonso, preguntando a alguien que pasa, que el montón de desperdicios es mazacote o barrilla, residuo que queda después de haber elaborado el jabón de aceite. Luego Gabriel Vázquez, ante las preguntas de don Alonso, le contará que aquella es una de las principales industrias del pueblo, tan rico en olivos que no en vano se llamó Torrijos de los Olivares, aunque hoy en día la villa ha perdido no solo su segundo apelativo, sino también los propios olivos y las industrias de aceites y jabones. Lo único que queda en la actualidad de todo esto es el recuerdo en el nombre de algunas calles, la de los Molinos, por supuesto, la de Jabonerías y la del Cerro Mazacotero, que da idea de hasta qué punto crecía el montón de mazacote que hemos puesto ante los ojos de don Alonso.

Paseando por aquella zona industrial del pueblo, piensa el de Oviedo que la villa es más grande y más próspera de lo que en principio había creído, engañado por el aspecto tranquilo y algo deshabitado del pueblo, por su traza de lugar dormido. Ahora se da cuenta de que hay un ritmo particular, impuesto por los fuertes veranos castellanos, que hace que las horas de más actividad sean las primeras del día, y eso, desde luego, no tiene nada que ver con la prosperidad.

En cualquier caso, el calor aprieta. Siente don Alonso que la ropa se le pega al cuerpo, que sus pulmones se resienten del largo paseo y que el intenso olor del mazacote le ahoga, y da media vuelta, alejándose de los molinos, dispuesto a regresar a casa de Gabriel Vázquez y descansar.

Pero una cosa es pensarlo y otra muy distinta llevar nuestro pensamiento a cabo. A don Alonso, la vuelta a casa se le complica, primero, porque el laberinto de callejas le despista y no encuentra el camino, y segundo, porque el intenso olor del mazacote, la sequedad del ambiente y el calor, ya lo hemos dicho, le roban el aliento.

Siente don Alonso que las piernas le flaquean e incluso se le nubla la vista durante unos segundos. Vacilante, se apoya contra una tapia buscando la sombra invitadora.

A su alrededor, ni un alma. La algarabía y el ruido de la mañana han desaparecido. El que más y el que menos se ha refugiado en su casa huyendo de los casi 40º que el mediodía castellano regala en verano a sus naturales y, por desgracia, también a los visitantes que, como don Alonso, están muy poco acostumbrados a soportar semejantes temperaturas. Y es que cualquiera que haya estado por estos lugares en agosto, tanto ahora como en el siglo XVI, sabe que lo único que se puede hacer a estas horas es beber mucha agua, cuanto más fresca mejor, y dormir la siesta.

El problema es que don Alonso no sabe por dónde cae la umbría frescura de la casa de Gabriel Vázquez. Allá donde mira, solo alcanza a ver pequeñas calles que acaban desembocando en alguna parcela de tierra llana y agostada. Busca don Alonso, en lo alto, la aguda torre de la Colegiata para guiarse y le ciega la despiadada luminosidad del sol. Mareado, sudando, sin aliento, don Alonso vuelve a reclinarse contra la pared y, en un momento de extrema debilidad, cierra compungido los ojos.

— ¿Os encontráis bien, señor?

Mira ante sí don Alonso y se encuentra al muchacho de la escoba, el mismo que por la mañana le descubrió una doña Teresa más humana que la que tenía en el pensamiento.

— Hernán… ¿verdad? —pregunta el de Oviedo con voz entrecortada.

— Sí, señor… ¿Puedo ayudaros en algo?

El de Oviedo sonríe sin ganas. Es obvio que necesita ayuda.

— ¿Sabes donde vive el alcalde Gabriel Vázquez? Creo que me he perdido…

— Yo os llevaré, señor —dice el chico. Señala ante él para mostrar el camino, pero don Alonso, al separarse de la pared que lo sostiene, se tambalea sin remedio—. Apoyaos en mí —ofrece diligente el muchacho—. No tengáis miedo, señor, puedo sosteneos, soy fuerte.

Agradece don Alonso, con una leve sonrisa, la ayuda del muchacho y así, apoyado en su hombro, con lentitud, recorre junto al niño las escasas calles que los separan del centro del pueblo.

— ¿Ya acabaste tus tareas en la iglesia? —se interesa don Alonso.

Asiente el muchacho. Lo hace sin levantar los ojos, como hurtando una respuesta que el de Oviedo deduce que no es del todo cierta. Poco sabe don Alonso de las obligaciones de un chico de La Piedra, de un expósito, si bien no hace falta ser un lince para entender que una vida muy agradable no debe ser.

— ¿Vives por aquí? —vuelve a preguntar don Alonso.

— No, señor. Vivo en el colegio.

Esta vez sí levanta la vista el pequeño Hernán. La mirada de sus ojos almendrados se pierde a lo lejos, más allá de los campos, el mazacote y los molinos que, a pesar de los pasos lentos del de

Oviedo, van quedando a sus espaldas. Le parece ver a don Alonso, en aquella mirada, un anhelo de libertad, un desasosiego que endurece la mueca traviesa que tiene el niño en el rostro.

— Te has escapado —concluye el de Oviedo. Y antes de que el muchacho hable, preocupado y dispuesto a disculparse, don Alonso lo tranquiliza—. No te preocupes, no diré nada.

Continúan andando por las calles desiertas de un Torrijos que duerme la siesta y el silencio parece hermanarlos. Los ojos de Hernán vagan de aquí para allá, hambrientos de espacio, de aire, de unos horizontes más anchos que los propios de un niño de La Piedra, huérfano y solitario. Qué podría contarle a don Alonso si fuera capaz de poner sus sentimientos en palabras. Que está cansado de la monotonía de una vida reglamentada, que no siente en su interior la llamada de Dios y se aburre como mozo del coro, que sueña con aventuras, que anhela echar a andar y no parar ya nunca, alejándose de la iglesia, del preceptor, de sus compañeros tan tristes y sin futuro como él, de los cánticos, las gramáticas y las liturgias.

— ¿Y para hacer qué?

Y Hernán ya no sabe si la pregunta la hace aquel señor al que acompaña o es el eco de su propio desasosiego que no encuentra camino ni salida. ¿Hacer qué?

— No sé… vivir, vivir la vida.

Sonríe don Alonso. Si tuviera más aliento, más tiempo o más ganas, tal vez pudiera explicarle al muchacho del coro lo que es la vida.

— Perdonadme, señor, vos no lo sabéis —se rebela Hernán—. Vos sois un hombre de letras, un estudioso.

— ¿Y qué? ¿Crees que los hombres de letras no vivimos?

No, no como él quisiera, no como sueña. Él, de buena gana, se iría al Nuevo Mundo donde todo está por hacer. Él se iría a descubrir nuevas tierras, a ver horizontes nuevos, a ganarse un Dorado que el destino le debe. Y cuando fuera un gran hombre, cuando su nombre se repitiera de un confín a otro con admiración y deferencia, volvería a este Torrijos que le aplasta a vengarse de las horas muertas.

— ¿Vengarte? —se sorprende don Alonso— ¿Vengarte de qué?

Y ahora el espíritu travieso de Hernán, ese que desde el primer momento ha adivinado don Alonso en el gesto de su boca, se despierta y el muchacho deja escapar una risa que suena a cascabeles, una risa triunfadora, sin rencores, una risa abierta.

— Pero, señor… ¿vos no quisisteis nunca vengaros de vuestros maestros?

Reconoce don Alonso, apesadumbrado, que no y Hernán ríe de nuevo.

— ¿Lo veis, señor, como no sabéis nada de la vida?

Y ante esta salida, si don Alonso hubiese tenido aliento, hubiera reído también.

La casa de Gabriel Vázquez está umbría y fresca. Es una casa de las de antaño, de muros gruesos de piedra que mantienen una temperatura adecuada en el interior, tanto en invierno como en verano, sobre todo si hay alguna diligente mano, y en casa de Gabriel Vázquez las hay y muchas, manos de criados bien aleccionados por la joven Isabel, que se preocupe de entornar postigos y ventanas para evitar la entrada del sol. Aunque don Alonso, la verdad, no está de momento en condiciones de apreciar todo esto.

Se asusta Isabel cuando ve llegar a su invitado, demacrado y tembloroso, apoyado en el muchacho de la escoba.

La hija de Gabriel Vázquez no ha dejado de pensar en el de Oviedo durante toda la mañana, imaginando excusas para su comportamiento tan frío cuando los dos se encontraron en la iglesia: es un hombre ocupado, ni siquiera vio que ella le buscaba al acabar la misa, o tal vez fue la timidez o un exceso de consideración y cortesía, un hombre de su importancia y de su rango no se va a poner a tontear, sin más ni más, con la hija de su anfitrión.

En fin, que en lo más hondo de su alma, Isabel ya le ha exculpado, sin siquiera saber cuáles fueron las razones de don Alonso. Y ahora el hombre, cuando llega a casa y se encuentra a la anhelante Isabel esperándolo, con la mirada sumisa y las mejillas arreboladas, siente, sin saber por qué, un poco de remordimiento.

— Perdonadme, Isabel, no me encuentro bien...

Diremos, en descargo del de Oviedo, que lo que dice no es ninguna excusa. Don Alonso jadea casi con agonía, está pálido y, mucho nos tememos que sin el apoyo del muchacho de la escoba que se mantiene a su lado, no hubiera llegado a casa. Isabel, al verle en ese estado, le obliga a sentarse al lado de la ventana.

— Habéis de disculpadme. Como veis, mi cuerpo me impone pesadas limitaciones —explica don Alonso.

— No os preocupéis. Quedaos aquí un momento. Pronto se os pasará.

Desconfiando de que así sea, Isabel llama a una criada y le da órdenes precisas y rápidas. Al poco volverá la mujer con una jarra de agua fresca y una taza humeante que horroriza a don Alonso que está sudando.

— No es para beber —explica Isabel con esa voz armoniosa que tan poco casa con su aspecto—. Tenéis que respirad sus vapores, os ayudará.

Ella misma acerca el tazón al rostro de don Alonso y este, obediente, respira, primero con cuidado y luego más profundamente, sintiendo que los vapores le van aliviando. Isabel habla con el pequeño Hernán que, al poco, le hace un gesto de despedida y se marcha. Luego, llena de energía, sigue desplegando sus muchas dotes en honor de su invitado: le sostiene el vaso de agua fría para que beba, le ayuda a recostarse en el sillón en el que se sienta, le acerca un escabel para que apoye los pies e, incluso, con un pequeño abanico surgido de su manga, le refresca el rostro.

— ¿Os encontráis mejor?

Asiente don Alonso con una leve sonrisa sin dejar de aspirar los vahos del tazón que sostiene Isabel.

— Buen remedio es este —dice cuando puede volver a hablar—. ¿Qué es?

—Eucalipto y menta con algunas otras hierbas, tomillo, un poco de romero... —contesta Isabel sonriendo—. Va bien para el pecho. A mi padre se lo preparo muchas veces, en el invierno. Como tiene que salir tanto coge unas toses terribles y solo este remedio le alivia.

Don Alonso escucha a la muchacha con un cierto desmayo. Tanto los vapores como el vaso de agua fría que ha bebido con auténticas ganas, le han sentado bien. Suspira con tanto placer que Isabel no puede evitar reírse, aunque luego baja la cabeza avergonzada.

— Decidme —se interesa para desviar la atención de su risa—. ¿Qué tal vuestra primera mañana en Torrijos? ¿Os ha gustado la villa?

— Mucho —reconoce don Alonso con suavidad. Una agradable laxitud se ha apoderado de todos sus miembros. No es la primera vez que esto le ocurre. De hecho, siempre se siente así después de alguna de sus crisis de asma, aunque esta vez la crisis no ha durado mucho, quizá por las hierbas y los vahos.

— Estáis buscando el cuerpo de la Señora, ¿verdad? —pregunta Isabel bajando la voz, como si de este asunto no pudiera hablarse en voz alta o con temor a estar metiéndose en algo que no es de su incumbencia.

— En efecto.

— Dicen por ahí que como la Señora era una santa, Nuestro Señor se la llevó a los cielos.

— ¿Quien lo dice? —pregunta don Alonso—. ¿Quién dice eso y desde cuándo?

— No sé —contesta Isabel confundida—. Todo el mundo lo dice.

— No, todo el mundo, no. Se lo habréis oído decir a alguien en concreto, a los sirvientes, al cura, a una amiga... ¿a quién?

— No lo sé —se repliega Isabel ante la voz inquisitiva de don Alonso—. Yo no sé nada.

—Sí sabéis, claro que sabéis. A alguien se lo oiríais decir por primera vez. Y ese alguien lo escucho de boca de otra persona, no de boca de todo el mundo. Y así, si vamos de una persona a otra, llegaremos a la primera que lo dijo, a aquella que sabía que el cuerpo de doña Teresa no estaba en su sepulcro y lo sabía antes de que el sepulcro se abriese, ¿entendéis? Y si yo diera con esa persona podría preguntarle por qué lo sabía y cómo. Así que os lo digo otra vez, ¿a quién le oísteis por primera vez decir que doña Teresa no estaba en su sepulcro?

Isabel ha escuchado a don Alonso casi sin pestañear y en sus ojos hay un destello de comprensión. Después de reflexionar, seria, con el ceño fruncido, su respuesta no es muy alentadora.

—La verdad es que se lo he oído decir a varias personas y no creo que pudiera saber ahora cuál fue la primera. Yo misma lo he repetido y lo he comentado muchas veces.

Suspira don Alonso y sonríe.

—Sí, eso es lo malo de los rumores. En fin, solo era una idea.

Aunque no una buena idea, reconozcámoslo, que si fuera tan fácil ir tirando del hilo hasta deshacer el ovillo del rumor, no hay duda de que los rumores ni siquiera existirían. En lo que sí tiene razón don Alonso es en lo de pensar que había alguien en el pueblo que sabía, aun antes de abrir el sepulcro, que el cuerpo de doña Teresa no estaba en la tumba, pero la idea se le escapa entre otros muchos pensamientos. Alegaremos como disculpa que no se encuentra bien.

Se encontrará mejor después de haber comido y haber dormido la siesta, confortado además por los cuidados tanto de Isabel como de Gabriel Vázquez que, habiendo regresado de sus quehaceres, decide dedicar la tarde a su amigo, pesaroso de haberle tenido abandonado durante la mañana.

Acuerdan los dos no dilatar más la visita a don Beltrán Gómez de Toro, aquel que con sus cartas convirtió el rumor de que doña Teresa no estaba en su sepulcro en una preocupación real y concreta y con quien don Alonso tiene tantas ganas de hablar.

Envía Gabriel Vázquez un criado a anunciar a don Beltrán su visita para aquella misma tarde, y el criado regresa con malas noticias. El de Toro no se halla en casa y nadie sabe decir cuándo volverá. Gabriel Vázquez, entonces, propone a su amigo dar un paseo hasta el monasterio de Santa María de Jesús, lugar de enterramiento del matrimonio Cárdenas. No le seduce demasiado a don Alonso la idea del paseo, bastante ha tenido ya con el de la mañana, pero entiende que la visita al monasterio es ineludible. Viene a ser como revisar el escenario del crimen, aunque ya sabemos que crimen, lo que se dice crimen, no ha habido ninguno.

No queda hoy nada de lo que fue en tiempos el monasterio de Santa María, al que se dirigen, al declinar la tarde, Gabriel Vázquez y don Alonso. Ellos, mientras caminan, van contemplando macizos muros berroqueños, altas y esbeltas torrecillas, remates puntiagudos finamente labrados, ventanas afiladas rodeadas de bordados en piedra e iluminadas con cristaleras que descomponen la luz en mil colores, arbotantes calados, pináculos puntiagudos, columnas y pilastras interminables, capiteles adornados de filigranas... Lo que yo vería, en cambio, si paseara por el mismo lugar, sería la estructura cuadrada y sin gracia de una estación de ferrocarril y una tierra herida y fragmentada por la monótona rectitud de las vías de hierro del tren. Triste panorama.

Mucho más sugerente será, por tanto, acompañar a Gabriel Vázquez y a don Alonso en su camino hasta al monasterio.

Atraviesan ambos las cuatro calles estrechas que llegan hasta la muralla del pueblo, cruzan con paso acompasado la Puerta del Pozo, una de las cuatro que según explica Gabriel Vázquez tiene el recinto amurallado, mucho más modesta, todo hay que decirlo, que la de Toledo que atravesó don Alonso ayer mismo, cuando llegó al pueblo, y continúan caminando despacio, sin prisas, ya por despoblado, con la vista fija en la cúpula espléndida de la iglesia del monasterio y en el encanto de los árboles que rompen la monótona llaneza del terreno, intercalándose con la piedra, resaltándola u oscureciéndola al son de algún baile que los árboles siempre llevan en sus ramas.

Va contando Gabriel Vázquez, con orgullo, que el monasterio fue mandado erigir por Gutierre de Cárdenas el mismo año de la toma de Granada, a imitación del de San Juan de los Reyes, en Toledo, también monasterio franciscano.

El señor de Torrijos no llegó a verlo terminado y fue doña Teresa, una vez más, la que se encargó de dotarlo con tanta generosidad que cuentan las crónicas y Gabriel Vázquez que el ministro general de la Orden y tío de doña Teresa, fray Francisco de los Angeles y Quiñones, consideró que tanta riqueza no se avenía bien con lo que debía ser la austeridad franciscana y aconsejó a la Señora retirar parte de lo que allí había y dedicarlo a dotar a otras iglesias más pobres de las muchas diseminadas por el reino. Y a pesar de que doña Teresa lo hizo así, no tardará en comprobar don Alonso que la iglesia sigue siendo muy lujosa.

En tanto llegan, don Alonso y Gabriel Vázquez hablan, ni qué decir tiene, del asunto de doña Teresa y por esta conversación podremos saber lo mucho que trabajó Gabriel Vázquez para aclarar el misterio y los pocos resultados que obtuvo. Esto último fue lo peor, no en vano siempre tuvo detrás al Duque, impaciente y malhumorado.

— Y no es que no le entendiera, creedme —comenta Gabriel Vázquez—, que no debe de ser plato de gusto perder el cuerpo de una madre. ¿Queréis creer que ni por esas se movió el corregidor? Ni siquiera volvió a aparecer por aquí después del día en que se abrió la tumba. ¿Para qué iba a molestarse? Era mucho más cómodo hostigarme a mí, mientras él continuaba sentado en su casa de Maqueda. Durante meses me volvió loco con sus recados, sus mandatos y sus cartas. Tenía pánico de que pudieran intervenir la Inquisición o la Hermandad. Eso, por fortuna, no ha llegado a ocurrir y el tiempo ha ido pasando.

Suspira Gabriel Vázquez y sonríe don Alonso entendiendo que su amigo no se sienta cómodo con la situación. Al fin y al cabo, no olvidemos que después de tantas preocupaciones y tanto trabajo, Gabriel Vázquez no consiguió averiguar nada y la presencia de don Alonso no deja de ser un recordatorio de su fracaso.

— Ha habido siempre tanta gente importante alrededor de este asunto —dice Gabriel Vázquez—, que hasta llegué a pensar si no sería todo fruto de alguna conspiración.

Asiente pensativo don Alonso. La idea, como quedó referido en su momento, ya se le había ocurrido al de Oviedo, recordemos que lo pensó al repasar sus notas y en especial al ver hasta qué punto la figura de Gutierre de Cárdenas había sido fundamental en su época. Sin embargo, don Alonso se resiste a creer que las conjuras y las conspiraciones tengan algo que ver con doña Teresa, con esa anciana mujer que, al quedarse viuda, decidió abandonarlo todo y dedicarse en cuerpo y alma a sus rezos y caridades.

Lo que no sabe don Alonso es que esta imagen de doña Teresa, aislada en su amado Torrijos, no es del todo cierta. Es verdad que al enviudar se retiró de la Corte, aunque no por eso dejó de estar en contacto con todos los que durante años formaron parte de su mundo. Y para demostrarlo, le pone Gabriel Vázquez a don Alonso un ejemplo aún no muy lejano en el tiempo, de hace apenas diez años.

Corría el mes de enero de aquel año de 1526, cuando Teresa Enríquez recibió en su casa de Torrijos a dos reinas: una era Germana de Foix, viuda de su primo, el rey Fernando el Católico; la otra, Leonor de Austria, hermana del emperador Carlos y viuda del rey de Portugal, Manuel el Afortunado. Insignes visitantes en el palacio de los Cárdenas que, además, jugaban un papel importante en la política imperial.

Y es que por entonces, Francisco I de Francia y el emperador luchaban por la primacía en Europa y, en concreto, por el ducado de Milán. Heroicos tiempos que ya agonizaban, en que los reyes, al frente de sus ejércitos, guerreaban personalmente en los campos de batalla, gallardas figuras exaltadas, ya casi anacrónicas, de atuendos fastuosos, brillantes armaduras y caballos encaparazonados. Venció el emperador al de Francia en la batalla de Pavía y lo hizo preso, trayéndolo a España, primero por mar a Barcelona, y luego, ya por tierra, hasta Madrid.

Más de un año estuvo Francisco I prisionero del emperador, pues las negociaciones para su libertad fueron difíciles. Se firmó por último la Concordia de Madrid que incluía, entre otros acuerdos, el matrimonio de la hermana del emperador, Leonor de Austria, con el rey de Francia: triste destino el de las mujeres, el de ser partes del trato, regalos que confirman las alianzas.

Partieron para Torrijos los mensajeros: el virrey de Nápoles y de Sicilia por parte de don Carlos y el privado de Francisco I, monsieur de Brión, por parte del rey de Francia. Y allí, en Torrijos, en la casa de Teresa Enríquez, se concluyeron las negociaciones por las cuales su invitada, la pobre Leonor, dejó de ser la reina viuda de Portugal para convertirse en la reina de Francia. El propio emperador, al mes siguiente, en su camino hacia Sevilla, pasó por la villa de Torrijos a agradecer el servicio a la anciana doña Teresa y estuvo, nuevo y augusto invitado, hospedado en la casa de los Cárdenas.

Don Alonso ha escuchado la historia con atención. Mentiríamos si dijéramos que no está impresionado, ya que no imaginaba que la influencia de doña Teresa, una vez muerto su marido, fuese tanta. Pero las dudas siguen siendo las mismas.

— Bien, admito que fue una mujer importante, involucrada en la política de su tiempo. Aunque no veo que eso tenga nada que ver con la desaparición de su cuerpo.

— Nos da un motivo para que ocurriera lo que ocurrió: venganza, quizá una conjura ...

— Tenéis demasiada imaginación —sonríe don Alonso.

— Tal vez. Os confieso que hasta llegué a pensar que el culpable de todo había sido el corregidor —don Alonso enarca la ceja con algo de burla, pues empieza a darse cuenta de que uno de los temas preferidos de su amigo es meterse con aquel lejano corregidor cuya simple existencia considera una afrenta personal—. No, en serio —insiste Gabriel Vázquez—. Pensad en ello: el Duque nombra al corregidor vez tras vez a pesar de su manifiesta incapacidad para el cargo. Nunca por tanto se le ha hecho juicio de residencia. ¿Por qué? Porque puede estar haciendo extorsión al Duque utilizando para ello el cuerpo de su madre.

— ¿No creéis que entonces el Duque se hubiera guardado mucho de dar a conocer el asunto? No hubiera venido aquí, como vino, a abrir el sepulcro y ordenar la búsqueda de doña Teresa. Y el corregidor vino con él, no lo olvidéis.

— Sí, eso es cierto —admite de mala gana Gabriel Vázquez—. Pero sigo pensando que el motivo, sea cual sea, es importante.

Asiente don Alonso, pues está de acuerdo en que aquella es la cuestión principal.

— Decidme —pregunta—. ¿Hubo algún otro caso similar en el pueblo? ¿Desapareció algún otro cuerpo? ¿Alguna otra tumba fue abierta?

— Por Dios, no. ¿Qué insinuáis?

— Bueno, vos sabéis, lo mismo que yo, que hay ladrones de tumbas. Los hay que lo hacen por avaricia, por robar de los cuerpos las joyas y las telas con que han sido enterrados. Otros lo hacen en nombre de la ciencia y utilizan los cuerpos para sus estudios de anatomía. También, en ocasiones, he oído hablar de gente que practica con los muertos ritos satánicos o de brujería.

Gabriel Vázquez se santigua con espanto. La sola idea de que aquellos horrores pudieran haber ocurrido en su pueblo le produce escalofríos.

— Aunque, la verdad —termina don Alonso tranquilamente, como si no estuviera hablando de hechos tan terribles—, estas ideas no tienen mucho sentido. Para estudiar anatomía o hacer un rito satánico vale cualquier cuerpo, no iba a ser nadie tan tonto para ir a coger el de la señora de Torrijos cuando hay tantos cuerpos en el cementerio, cuerpos anónimos que nadie echaría de menos. Y en cuanto a lo de robar... leí en el testamento que doña Teresa se hizo enterrar con el hábito de san Francisco así que no dejó mucho para un ladrón y, de todas formas, este imaginario ladrón hubiera querido joyas y telas, algo de valor, y no el cuerpo en sí mismo que de nada le valdría.

— En resumen, vos, como yo, no podéis imaginar el porqué de la desaparición.

— ¿Estáis seguros de que doña Teresa fue enterrada en su tumba del monasterio?

— Desde luego. Yo mismo estuve en el entierro. El cuerpo de la Señora fue expuesto y se veló, entre flores y cirios blancos, en la sala principal de su palacio. Todos los habitantes de Torrijos pasaron a verla e incluso mucha otra gente que vino de fuera. Luego su cuerpo, acompañado por todo el pueblo, por las autoridades municipales entre las que iba yo, y por los monjes franciscanos, los capellanes de San Gil y los del Santísimo Sacramento, así como por su familia, fue traído hasta el monasterio y depositado junto al cuerpo de su esposo, el Comendador. Y hubo una misa cantada en la que oficiaron una gran cantidad de sacerdotes. No, el cuerpo de la Señora se enterró, yo mismo lo vi.

Esta vez es don Alonso el que suspira desmoralizado. Han ido desgranando idea tras idea y ahora los dos caminan en silencio.

Ante ellos, el monasterio de Santa María se yergue grandioso, imponente, piedra silenciosa y umbría en mitad de la llanura castellana, como si, ex profeso, hubiera sido construido para albergar recónditos secretos del alma humana.

Lo curioso es que, según se acercan, don Alonso puede comprobar que aquello parece más una romería que un monasterio. Hay gente en el camino, en la explanada que se extiende ante la iglesia y ante la puerta de madera labrada que se cobija bajo un arco de piedra. Hay gente que charla en grupos y gente solitaria. Hay gente bien vestida, aseada, y gente que lleva en sus ropas el color y el olor de la miseria. Hay gente, en definitiva, por todas partes.

Pero el mayor número de personas se agrupa, sin duda, en el interior del templo. Ha entrado en él don Alonso, acompañado de Gabriel Vázquez, y observa que el edificio parece tener luz propia, una luz interior que surge de la misma piedra y que se extiende a sus anchas, sin impedimentos, dejando al descubierto la pureza de cada línea, de cada adorno, de cada uno de los rincones a donde llega la vista. Toda la iglesia rebosa de objetos de culto riquísimos: cruces de oro y de plata, candelabros, acetres, incensarios, navetas con sus cucharas, aguamaniles, bandejas, hostiarios, portapaces, vinajeras, fuentes de lámpara, lámparas, candeleros, cálices, patenas, libros de coro, tapices, cortinajes, brocados y sedas, manteles, casullas, frontales, doseles de todas las telas y colores, terciopelos, damascos y encajes, figuras labradas y tablas con imágenes de vírgenes y santos.

Tanta riqueza le pasa casi desapercibida a don Alonso que siente que se le aprieta el corazón con una punzada de nostalgia, así de contradictorios somos los seres humanos, al pensar con algo de melancolía en la penumbra acogedora de la catedral de su Oviedo natal, tan silenciosa y umbría. Y es que la iglesia del monasterio le parece, en comparación y a pesar de su belleza, ruidosa y demasiado atestada de gente, hombres, mujeres y niños que de pie, sentados o de rodillas, hablan, ríen, lloran y rezan.

— ¿Qué pasa aquí? —pregunta extrañado a Gabriel Vázquez.

Y Gabriel Vázquez suspira apesadumbrado. Desde que desapareció el cuerpo de la Señora nadie ha podido evitar aquella peregrinación continua al sepulcro. Porque medio pueblo cree, sin ninguna duda, que la Señora era una santa y que ascendió a los cielos en cuerpo y alma. Y están convencidos además de que si rezan con fervor a los pies de la tumba de la que el Señor Nuestro Dios la sacó, la Señora, aun después de muerta, seguirá solucionándoles los problemas y hasta puede que haciendo por ellos algún que otro milagro.

No escucha la explicación don Alonso que camina, soslayando a la gente, hasta el sepulcro de los Cárdenas, situado entre la entrada de la bóveda y el altar mayor. Observa el de Oviedo que el sepulcro se encuentra en alto, ya que está sostenido por doce leones de alabastro. Los frentes de las tumbas también son de alabastro y jaspe, labrados con figuras y escudos de armas.

La vista de don Alonso apenas se detiene en todo ello porque busca con avidez los rasgos de las dos estatuas de mármol que allí yacen. Son don Gutierre de Cárdenas y doña Teresa Enríquez, inmortalizados en piedra, dormidos para siempre. El Comendador va vestido de armadura y apoya la cabeza en el escudo. Sus manos sujetan contra el pecho la espada y le envuelve un manto con la cruz de Santiago. Doña Teresa viste el hábito franciscano y entre las manos sujeta su propia arma, un rosario.

El rostro de ambos, sereno y dulce, está fijado en piedra, para siempre, con los ojos cerrados, y se pregunta don Alonso si habrá un fiel parecido entre los rasgos que observa y el de sus dueños cuando estuvieron llenos de vida. ¿Tiene algo que ver aquel rostro pétreo, de nariz fina y boca pequeña, con el de la Teresa que vivió y envejeció entre rezos y caridades? ¿Se parece en algo la fuerte barbilla y la frente ancha de la escultura al don Gutierre de la realidad, fiel servidor de los Reyes Católicos, vencedor de tantas batallas?

Intenta don Alonso, en su mente, dar carnalidad y color a los rasgos que ve y no lo consigue. Al contrario, si hasta aquel momento doña Teresa y don Gutierre eran en su imaginación personas reales, se le han convertido de golpe en figuras de piedra, hieráticas, rígidas, grisáceas, sin ningún vestigio de humanidad.

Suspira incómodo don Alonso y busca con la mirada los ojos de su amigo. Quizá desea encontrar en ellos la vida que falta en las esculturas de los señores de Torrijos, y que Gabriel Vázquez, que los conoció, o que conoció al menos a doña Teresa, le asegure que ambos fueron humanos, cálidos, movibles, que ambos tuvieron esa chispa inasible de la vida que da rubor a las mejillas, destello a los ojos y aliento a las bocas.

Gabriel Vázquez, ajeno a los sentimientos de su amigo, tal vez porque ha visto muchas veces aquellas dos estatuas y para él son solo eso, estatuas, se dedica a andar alrededor del sepulcro pasando los dedos por su borde y mirando significativamente a don Alonso. Parece estar diciéndole sin palabras: «dejaos de ensueños y haced vuestro trabajo, que para eso os han mandado aquí. Mirad como la tapa está despegada bajo el cuerpo de doña Teresa, observad en qué puntos ha sido forzada, fijaos bien en todos estos detalles, porque es la única pista que encontraréis». No juzguemos estos pensamientos con demasiada dureza. Es nada más que Gabriel Vázquez es un hombre práctico, apegado a la realidad e incapaz, por tanto, de seguir el hilo de las reflexiones de don Alonso.

Por triste que haya sido el encuentro con las imágenes de los Cárdenas, el de Oviedo acaba por fijarse en las señales que indican que el sepulcro fue en algún momento abierto: la tapa separada del resto de la caja, las junturas que no encajan, los rebordes arañados... Se da la vuelta para preguntar a Gabriel Vázquez y, al pronto, entre la gente, no lo ve. El alcalde se ha alejado y habla con un fraile.

— Es fray Bernardo Montesinos —presenta cuando don Alonso se acerca—, el prior del monasterio.

No puede evitar don Alonso sentir una repulsión inmediata hacia el fraile, que le ha alargado una mano que, igual que todo él, parece escurridiza y mojada. Y es que fray Bernardo tiene un aspecto acuático, quizá porque el pobre no tiene ni un solo pelo en la cabeza y, por no tener, tampoco tiene ni cejas ni pestañas, o tal vez porque a pesar de ser tan flaco tiene los ojos y la boca muy redondos. Sin embargo, y en honor a la verdad, no es tanto el aspecto físico del prior lo que molesta a don Alonso, sino lo suave de sus maneras. Fray Bernardo ha escuchado en silencio la presentación y las explicaciones de Gabriel Vázquez, posando sus ojos de pez en don Alonso sin apenas pestañear.

— ¿Y bien? —se limita a decir don Alonso.

Eso desconcierta al fraile que abre aún más los ojos. No hay duda de que si hubiese tenido cejas las hubiera enarcado.

— Vuestra orden custodiaba el cuerpo de doña Teresa...

— Así es, señor —contesta el fraile.

— Y lo habéis perdido.

Un destello breve pasa por los ojos de fray Bernardo, tan breve, con tanta prontitud ocultado, que a otro menos observador que don Alonso le habría pasado por alto. Pero, a excepción de esa fugaz chispa inidentificable, el fraile permanece tranquilo e incluso adopta una actitud pesarosa, muy humilde, tanto, que a don Alonso casi le parece una burla.

— Supongo que tenéis razón, señor, lo hemos perdido —dice el prior—. ¿Habéis venido a apresarme?

No contesta don Alonso a una pregunta que, es evidente, no se ha hecho demasiado en serio, y señalando el sepulcro, la tapa desencajada, ataca de nuevo.

— Está claro que el sepulcro ha sido forzado, ¿cómo es posible que ninguno de los frailes se diera cuenta?

— El sepulcro está así desde que lo abrimos nosotros, por orden del Duque y ante su presencia. Creí que lo sabíais. Antes no presentaba esas señales.

— Alguna señal presentaría cuando don Beltrán Gómez de Toro se dio cuenta de que había sido abierto.

— Es cierto. Aunque eran señales mínimas, tan mínimas, que si las hubierais visto, vos mismo habríais sido incapaz de advertirlas.

— ¿Y los demás frailes de la casa? ¿Ninguno vio nada extraño?

— No.

— ¿Cómo es eso posible? Vuestra congregación está al cargo de esta iglesia. La cuida y la limpia, ora aquí. Es más, según tengo entendido, don Gutierre de Cárdenas dejó establecido en su testamento que se dijeran todos los días misas cantadas de réquiem sobre su sepultura y la de doña Teresa y que al fin de todas las misas fueran los sacerdotes y, sobre las sepulturas, dijera cada uno su responso con agua bendita. Sé que esto se cumple ¿Cómo es posible que, aun así, ninguno de los monjes haya advertido nada y en cambio don Beltrán, en un solo día que viene a rezar aquí, se dé cuenta de que la sepultura ha sido forzada?

— No lo sé. Será que ese caballero, don Beltrán, a pesar de ser tan anciano, posee una vista que los demás no tenemos —sonríe el monje con suavidad—. Escuchad, don Alonso, sé que vuestra misión es investigar este asunto y podéis contad con todo mi apoyo, pero no me hagáis más insinuaciones absurdas. Ni yo ni ninguno de los hermanos del monasterio sabemos nada. ¿Por qué habríamos de saberlo? Pensad un poco. Como vos mismo habéis dicho antes, los cuerpos del Comendador y de doña Teresa están bajo nuestra custodia. ¿Qué motivos podríamos tener para sacar el de la Señora de su sepulcro o para ocultar que otros lo hayan sacado?

— ¿Y qué motivos podría tener nadie para hacerlo? —pregunta a su vez, intrigado, don Alonso.

— Eso os corresponde a vos averiguarlo.

Medita un segundo el de Oviedo. Le resulta evidente que el fraile no le va a dar más que la información escueta e imprescindible para responder a las preguntas directas.

— ¿Desde cuándo sois prior de la Orden, fray Bernardo?

— Desde hace cinco años.

— No conocisteis, por tanto, a doña Teresa.

— Doña Teresa y su esposo fundaron el monasterio. Ellos lo construyeron y lo dotaron.

— No es eso lo que os he preguntado.
— No, no la conocí —responde el fraile.
— ¿Podría hablar con los demás frailes de la casa?

Otra vez un destello fugaz pasa por los ojos del prior y de nuevo es sofocado con tanta rapidez que no le da tiempo a don Alonso de identificar si se trata de impaciencia, de enojo o de algo distinto, más profundo y extraño.

— Por supuesto. Si bien tendréis que respetar las costumbres y horas del convento.

Se da cuenta don Alonso que eso es lo mismo que poner mil trabas a lo que acaba de pedir. No es que sea muy ducho el de Oviedo en conocer la vida conventual, nunca ha tenido demasiado interés en ello, pero sabe lo suficiente como para comprender que no hay un segundo en la vida de los monjes que no esté ordenado y reglado de antemano y que pretender encontrar un momento que no interfiera en su continuo «ora et labora» es tarea imposible. Aun así, asiente a lo exigido con tanta suavidad por fray Bernardo, no queriendo darle el placer de verlo contrariado.

Y lo cierto es don Alonso no está contrariado. Sería razonable esperarlo tras esta escena a la que hemos asistido, pues Fray Bernardo le ha resultado de poca ayuda y además algo irritante. Hay personas así, o al menos hay personas que nos producen esos sentimientos, como si su química y la nuestra fueran incompatibles por su propia naturaleza y se repelieran sin que nosotros podamos hacer nada al respecto. Pero, reconozcámoslo, el de Oviedo parece inmune a la incomodidad que las situaciones tensas producen en otros hombres, por ejemplo en Gabriel Vázquez, que aun siendo el alcalde de Torrijos y por tanto el que ostenta la autoridad, odia los enfrentamientos y lo ha pasado mal asistiendo a la entrevista entre su amigo y el fraile. Su carácter afable no acaba de comprender bien la forma brusca con que don Alonso ha hablado y ante el silencio que se ha hecho, una vez acordado que este podrá entrevistar a los restantes frailes, bien entendido que sin interferir en sus tareas y horarios, Gabriel Vázquez se afana en imprimir un poco de cordialidad en el ambiente, interesándose por los asuntos del monasterio.

Conversan, por tanto, fray Bernardo y Gabriel Vázquez. No participa en ello don Alonso que, un tanto despectivamente, todo hay que decirlo, se ha alejado de ellos y deambula por la iglesia. Es posible que tanta indiferencia sea un tanto fingida, una treta de don Alonso para desconcertar al fraile que tan seguro de sí mismo se ha mostrado, y podemos decir que ha logrado su objetivo porque fray Bernardo, a pesar de la aparente simpatía con que escucha al alcalde, no aparta los ojos de don Alonso y le sigue, allá donde va, con la mirada.

No va a ningún sitio concreto don Alonso. Pasea sin más por el templo, admirando sus proporciones, su colorido, su pureza. Es posible que solo quiera dejarse invadir por el espíritu franciscano que allí se respira. Su curiosidad insaciable le lleva a empujar una puerta que se abre en una de las naves laterales de la iglesia. Se encuentra así en un solitario claustro, adornado con abundante y delicada decoración escultórica y de tracería. Cada arco parece rodeado de encaje de piedra, recortado contra el cielo, y deja ver un cuidadísimo jardín en el que se alzan inquietos algunos árboles, un ciprés, un naranjo, un limonero y, en algún lugar que don Alonso no ve, jazmines que perfuman el aire.

Queda ya poca tarde y las sombras comienzan a jugar entre las columnas del claustro. Le parece a don Alonso, no sabe muy bien si por sugestión de lo que le rodea, escuchar las voces melodiosas y graves de los frailes entonando algún cántico y, entre ellas, el resonar de unos pasos. Mirando con atención acaba por descubrir, no a un monje como sería de esperar, sino la figura bien vestida y algo encorvada de un anciano que, con la cabeza gacha, camina despacio bajo los arcos. Le llama la atención a Don Alonso no solo lo rico del vestido, negro, acuchillado, dejando ver las líneas de alba blancura del ropaje interior, el brillo de la botonadura y el cuello engolillado, sino y en especial, la hermosa espada de mango cuajado de joyas en la que el anciano lleva, como al desgaire, apoyada la mano.

Camina don Alonso por el lado derecho del claustro con la intención evidente de cruzarse con el extraño. Y así es, al cabo de pocos pasos se encuentran los dos. Don Alonso inclina levemente la cabeza en un mudo saludo, sin apartar los ojos del anciano, y este, silencioso, no hace el más mínimo ademán. Al contrario. Mira con fijeza a don Alonso: ojos de color duro, grises, de piedra, y rasgos agudos, cortados como a cuchillo y cubiertos de mil arrugas que no ablandan ni un ápice el perfil altivo.

— Vos sois el que habéis venido en busca de doña Teresa.

Le sorprende a don Alonso el timbre fiero de la voz, en una frase que no es pregunta sino afirmación.

— Y vos sois don Beltrán Gómez de Toro —afirma a su vez don Alonso, seguro de no equivocarse.

Y dicho esto, como si ya se hubiera dicho todo, se quedan los dos mirándose. Se alarga el silencio y es don Alonso el que lo rompe con una de sus preguntas bruscas:

— ¿Por qué sospechasteis que el cuerpo de doña Teresa no estaba en su sepulcro?

— Porque tengo oídos y ojos.

Ante la respuesta insolente, levanta don Alonso una ceja irónica y casi admirativa.

— ¿Y los usáis siempre para comprobar si los sepulcros están ocupados?

Se quedan los dos callados, frente a frente: la ironía y el desprecio. En ese momento podría haber pasado cualquier cosa, lo reconozco, y la historia habría discurrido por otros cauces. Bastaba con que don Beltrán se hubiera dejado llevar de su genio, arremetiendo contra don Alonso. A pesar de su vejez, don Beltrán hubiera sido muy capaz de sacarlo a puntapiés del claustro. Pero, lo que es la vida, resulta más domeñable la fiereza de don Beltrán que el carácter frío e irónico de don Alonso. Tal vez también lo entienda así el propio don Beltrán, porque en vez de arremeter contra el de Oviedo, con un esfuerzo desvía la vista, aprieta la mandíbula y cuando sus ojos vuelven a encontrarse con los de don Alonso, el momento ha pasado.

— ¿Qué pensáis hacer?

Don Alonso contesta ya sin ironía, intrigado.

— ¿Qué pretendéis que haga?

— Encontrarla.

Así, con toda sencillez. Don Alonso se da cuenta que para Beltrán Gómez de Toro eso es lo único importante. Las causas y motivos por los que haya podido ocurrir el suceso, los medios que haya que utilizar para alcanzar el objetivo, son cuestiones secundarias a las que don Beltrán no dedica ni siquiera un pensamiento. Lo único que le importa, ya lo ha dicho con toda la sinceridad de su carácter fiero y su edad avanzada, es encontrar a doña Teresa. Encontrarla.

Me atrevo a asegurar que esta segunda noche en Torrijos tampoco ha dormido mucho nuestro protagonista, dando vueltas en su cabeza a todo lo visto y oído el día anterior. Sobre todo, no se ha quitado del pensamiento a don Beltrán, tan fiero y con un aspecto tan determinado, aunque don Alonso no puede ni imaginar el porqué de tanta determinación en un asunto que, al fin y al cabo, ni siquiera le afecta directamente.

También le obsesionan los monjes, tan serios y graves, las manos ocultas en las mangas del hábito, rondando como sombras por la iglesia. Ninguno de ellos, por lo que ha podido averiguar don Alonso, sabe nada del asunto de doña Teresa. Gabriel Vázquez tampoco consiguió sacar nada en claro de ellos, cuando, a poco de descubrirse la desaparición del cuerpo de la Señora, sometió a cada uno de los frailes a un larguísimo interrogatorio, intentando descubrir si alguno de ellos vio, oyó o notó algo, en algún momento, que fuera extraño.

— Y es que cuando me encargaron la investigación —le ha confesado el alcalde a don Alonso—, pensé que era más práctico buscar la ocasión o la oportunidad que el motivo.

— ¿A qué os referís?

— Bien, alguien se llevó el ataúd con el cuerpo de la Señora de su sepulcro del monasterio —explica Gabriel Vázquez—. Y eso no tuvo que ser tarea fácil. Pensadlo un momento: alguien, no sabemos quién, entra un buen día en la iglesia. Lleva preparadas las herramientas necesarias para poder levantar la tapa del sepulcro, no sé, cinceles, martillos, esas cosas, y con toda tranquilidad se pone a abrir una tumba sellada desde hace años. Saca el ataúd y se lo lleva. Es de suponer que fuera de la iglesia tendría preparado un carro y un caballo, no se iba a llevar el ataúd a cuestas. Y a todo esto, nadie ve ni oye nada, ¿no os parece extraño?

— ¿Qué dicen los monjes? ¿No han podido dar alguna pista?

— Al contrario. Los interrogué hasta la saciedad y me pusieron la situación aún peor de lo que yo creía. Me explicaron que la iglesia permanece cerrada la mayor parte del tiempo. Por si fuera poco, ellos se reúnen allí a cada momento. Hacen todas las horas canónicas: maitines, entre las dos y las tres de la noche; laudes, sobre las cinco de la madrugada; prima, a las siete; tercia, a las nueve; sexta, poco antes de la comida del mediodía; nona, entre las dos y las tres de la tarde; vísperas, a las cinco, poco antes de ponerse el sol, y completas, antes de acostarse. En resumen, no hay un espacio de más de tres horas en que no estén todos allí rezando. En estas condiciones, no logro explicarme como pudo cometerse el robo.

Y Gabriel Vázquez sonríe con tristeza al decirlo, pues es evidente que con esta frase está admitiendo su fracaso. Lo que sí demuestra la conversación es hasta qué punto se esfuerza Gabriel Vázquez en ayudar a don Alonso, contándole sin reserva alguna todo lo que sabe y lo que no sabe y, la verdad, podríamos preguntarnos por qué se esfuerza tanto cuando lo cierto, como ya hemos comentado, es que maldita la gracia que le hizo enterarse de a qué venía su amigo al pueblo. La explicación a tanta ayuda es sencilla: al pobre Gabriel Vázquez le atormenta la idea de que don Alonso acabe descubriendo lo que él no ha sido capaz de descubrir y como eso, por humano y comprensible que sea, le hace sentirse culpable, intenta como puede compensarlo.

En fin, que por una causa o por otra, como vemos, aquí no duerme tranquilo nadie, ni Gabriel Vázquez con sus problemas de conciencia, ni don Alonso, dándole vueltas a la cabeza, aunque el de Oviedo lo mira todo desde la fría altivez de su pensamiento, como si no tuviera ni idea de que muchas veces las razones surgen de lo más profundo del corazón. Hoy va a saber un poco de sentimientos, de hombres y mujeres, que no todo va a ser tan fácil, ir de aquí para allá, preguntando esto y lo otro, para quedar después como un rey al dar con la solución del misterio. ¿No se ha pasado la noche en vela preguntándose por las razones de los monjes y de don Beltrán Gómez de Toro? Pues démosle algunas razones, a ver si es capaz de entenderlas.

Así que ahí está don Alonso. Ha llegado bien de mañana a la casa de don Beltrán, respondiendo a la invitación que este le hizo el día anterior, cuando se encontraron bajo los arcos del claustro de Santa María. Mientras espera a que le reciban, se pregunta a sí mismo por qué está tan interesado el anciano en el asunto de doña Teresa. Y tiene razón al preguntarse, reconozcámoslo, que por muy amigo que fuera de la familia Cárdenas han pasado treinta años desde que murió don Gutierre y más de seis desde la muerte de su esposa. Son muchos años para mantener vivos unos sentimientos que, como por otro lado hace con todo, la muerte desbarata. Es demasiada vehemencia en un hombre que no tiene ningún lazo de familia o parentesco con los implicados en el misterio. ¿Por qué tanto interés?

A esta pregunta no puede responder don Alonso y se dice a sí mismo que la única respuesta con sentido será la que pueda dar el propio don Beltrán. Lo malo es que el anciano, como pudo comprobar el día anterior, no parece muy tratable. Según Gabriel Vázquez, el de Toro es un hombre que cada vez que aparece por el pueblo trae consigo problemas y eso ocurre desde siempre. Y pone de ejemplo un episodio que aún tiene fresco en la memoria, a pesar de que ocurrió hace mil años, cuando el alcalde era todavía un niño.

Beltrán Gómez de Toro apareció por la villa como otras veces, de pronto, sin dar aviso ni a los propios criados de su casa. Hacía solo unos meses que había muerto Gutierre de Cárdenas y el pueblo entero se encontraba como huérfano, intentando asimilar que el hombre que había sido su señor durante tantos años, aquel que les había llevado la prosperidad y la riqueza y convertido Torrijos en capital del rico estado de Maqueda, había desaparecido.

La muerte del señor, no obstante, les había producido una sensación extraña. Sabían que había muerto, se pusieron muchos de ellos de luto, vieron el ajetreo en el monasterio de Santa María, que todavía se estaba construyendo, para acoger sus restos mortales, pero la vida seguía igual que siempre. Gutierre de Cárdenas, debido a sus importantes cargos en la Corte, nunca había pasado demasiado tiempo en el pueblo, por lo que su muerte tenía un regusto de irrealidad. Si no pensaban demasiado en ello cualquiera hubiera dicho que el señor seguía vivo, ocupado en grandes empresas en algún lugar lejano del reino, aunque velando, como había hecho siempre, por el pequeño pueblo de Torrijos.

La única señal que mostraba bien a las claras que algo había cambiado era la luz que salía del palacio de los Cárdenas: doña Teresa había abandonado la Corte y enfundada en un traje de paño negro, ocultos sus cabellos con tocas de viuda, había venido a residir en una casa que antes pasaba la mayor parte del año vacía.

Pronto se acostumbraron todos a ello: a ver a la Señora oyendo misa desde su tribuna, en el testero de la iglesia, frente al altar mayor; a la larga cola de pobres que buscaban caridad frente a la puerta de su casa mientras ella misma, al frente de sus sirvientes, repartía pan y limosnas; a las idas y venidas de sus gentes y criados, atareados siempre en cuestiones importantes. Y poco a poco se dieron cuenta de que doña Teresa era el eje alrededor del cual giraba la villa y de que eso les gustaba, hasta el punto de hacerles olvidar al propio don Gutierre.

Y entonces llegó Beltrán Gómez de Toro. Le vieron pasar los vecinos del pueblo con algo de temor, no en vano ya le conocían, el rostro surcado de arrugas y cicatrices, a pesar de que aún era un hombre joven, el ceño fruncido sobre unos ojos de color claro y mirada oscura y el silencio en el alma, un silencio profundo, mucho más profundo que la mera ausencia de palabras, que lo rodeaba como un halo.

Durante una semana, don Beltrán paseó su figura temida por el pueblo hasta que un día, la Señora por fin le concedía audiencia, le vieron entrar en el palacio de doña Teresa. Nadie sabe lo que pasó, pero cuando don Beltrán salió del palacio se le habían desatado todos los demonios que llevaba en el alma.

Dicen unos que fue a la taberna, que bebió y que estaba borracho, otros dicen que lo ofendieron con algún insulto infamante y hasta hubo alguno que apuntó que estaba poseído por un diablo maligno. Y cualquiera lo hubiera creído así al verlo: el sombrero perdido, la ropa desaliñada, la espada empuñada en alto y los ojos, aquellos ojos temibles, empañados por algo que nadie sabía si era rabia o locura. Quizá si se hubieran fijado se habrían dado cuenta de que era pena, una tristeza intolerable y profunda, de esas tan hondas que acaban pareciendo locura.

Hirió a dos hombres, puso el pánico en las calles destrozando todo aquello que encontraba a su paso, y los infelices que fueron a reducirlo tuvieron que luchar como leones, diez contra uno y aun así tres de ellos casi pasan a mejor vida en el intento, hasta conseguir sujetarlo. Sin saber qué hacer con el caballero, muerto como estaba don Gutierre, los alcaldes del momento, uno de ellos el propio padre de Gabriel Vázquez que por eso recuerda tantos detalles, recurrieron a la viuda, a doña Teresa.

Dicen que la Señora escuchó en silencio lo que los alcaldes le contaban, dicen que no hizo ni comentario ni pregunta alguna, dicen que luego, brevemente, ordenó que se dejase libre al hombre sin tomar contra él ninguna represalia.

Así se hizo y, pocos días después, don Beltrán salió del pueblo como había llegado: altivo, silencioso, oscuro, mirando a todos a la cara como en un reto y, aunque él era el que debiera haber sentido vergüenza, eran siempre los demás los que acababan bajando la mirada. Se rumoreó que después de aquello don Beltrán había embarcado rumbo a las Indias y algún chistoso llegó a decir, Dios guarde a los pobres indianos, pues tras la llegada del caballero, el Nuevo Mundo dejará de estar tan nuevo.

Sospecho que la historia es un poco exagerada, no por afán consciente de mentira de Gabriel Vázquez, sino por los adornos y distorsiones que el tiempo añade a los recuerdos. En cualquier caso, tampoco cuesta demasiado creerlo porque el anciano, ya lo vimos en la escena de ayer, en el claustro de Santa María, sigue teniendo en los ojos algo fiero, algo temible, algún oscuro secreto que sin duda le atormenta y que es el que ahora vamos a poner ante don Alonso.

El de Oviedo está dando vueltas a sus pensamientos cuando regresa el criado que ha ido a anunciarle y le pide que le siga. Así lo hace, observando a su paso las estancias de la casa, amplias, limpias, pero apenas habitadas. Es una casa que casi no debiera recibir el nombre de casa, no porque falten en ella las paredes, los techos, las puertas y ventanas, los muebles o cualquier otro enser de los que hacen a las casas, casas, sino porque toda ella tiene aire de provisionalidad, de lugar no vivido ni querido. De nuevo se me puede acusar, lo sé, de perder el tiempo en asuntos sin importancia. En mi descargo diré que en esto tengo la idea muy definida de que las casas son como las personas, o te preocupas de ellas y las amas, o se vuelven extrañas. Es lo que ocurre en la de Don Beltrán: no hay un lugar donde sentarse al lado de la ventana, por las tardes, cuando no da el sol y se está fresco; no hay una lámpara en la mesa, una buena, de las que queman sin vacilaciones y no humean, para alargar la sobremesa después de la cena; no hay un buen sillón, al lado de la chimenea, para leer y descansar, con el cesto de la leña bien a mano y una alfombra que acoja el sueño de un gato o un perro dormido a los pies del amo. Hay pulcritud y limpieza, eso sí. Y nada más.

Don Beltrán espera a su invitado de pie en medio de la estancia y eso sorprende a don Alonso que esperaba encontrarlo sentado, doblegado como cualquier viejo, por los años y la vida. Pero don Beltrán está de pie. Es cierto que su espalda se encorva, es cierto que, como ya lo vimos en el claustro de Santa María, renquea un poco al andar y, sin embargo, el anciano parece cualquier cosa menos vencido. Le ralea el pelo, ya más blanco que gris, las arrugas han dejado surcos indelebles en su rostro, las manos parecen agarrotadas, torcidos los dedos, hinchados los nudillos, y con todo ello, los ojos siguen siendo puro acero, la mandíbula se alza altiva y es tal la dureza de cada uno de sus rasgos que no puedo por menos que pensar, lo mismo que don Alonso, si no estará esculpido en piedra, piedra herida por toda una vida de exposición a la intemperie, piedra dura y gris, como la de las estatuas yacentes de los Cárdenas.

No merece la pena contar lo que hablan en estos primeros momentos los dos caballeros, pues es una repetición de lo que ya sabemos, recordemos aquella carta enviada por don Beltrán al conde de Medina del Castañar y que leímos junto a don Alonso. Bástenos con saber que Beltrán Gómez de Toro está seguro de lo que vio y de lo que dijo: el sepulcro mostraba huellas, por débiles que fueran, de haber sido abierto, llamó a los monjes que no quisieron creer lo que las pruebas mostraban, llamó a las autoridades que dudaron porque, pese a su nombre, no tenían autoridad para comprobar si, en efecto, el cuerpo de doña Teresa había desaparecido y, al final, tan seguro estaba don Beltrán de lo que había visto, escribió al duque don Diego y al conde de Miranda y a los altos cargos franciscanos y hasta al propio emperador, que no en vano era pariente de doña Teresa, hasta que el Duque, como nos contó Gabriel Vázquez en su momento, llegó a Torrijos dispuesto a poner coto a tanta habladuría encontrándose, como en el fondo de su alma todos temían, con un sepulcro vacío.

Nada le resulta nuevo a don Alonso de este relato, a pesar de que hay varios aspectos que llaman su atención. El primero es que don Beltrán tuviera que insistir tanto para convencer a los monjes:

— ¿Es que para ellos no eran tan evidentes las señales como para vos?

Don Beltrán frunce el ceño pensando que don Alonso pone en duda su palabra.

— Las señales eran evidentes.

— Entonces ¿cómo es posible que los monjes no las vieran antes? Ellos cuidan la iglesia, la limpian, oran allí todos los días. Si las señales eran tan evidentes, ¿por qué no las vieron?

— ¿Y qué sé yo de eso? No se fijarían. Y en cualquier caso, ¿qué más da? Me fijé yo y ahora ya sabemos que lo que vi era real: el sepulcro había sido abierto.

Don Alonso intenta sosegar la impaciencia del anciano.

— Escuchad, don Beltrán, no penséis que no os creo, pero debo saber con el mayor detalle posible cómo ocurrieron los hechos.

Suspira el anciano, refrena de forma visible algún comentario brusco que pugna por salir de su boca y asiente.

— Está bien, preguntad.

— Cuando visteis aquellas señales en la tumba, ¿qué hicisteis?

— Llamé a los monjes.

— ¿Cómo?

— ¿Cómo? —vuelve a alterarse el de Toro—. ¿Qué pregunta es esa? Los llamé, nada más, les dije que vinieran a ver lo que yo estaba viendo.

— ¿Y cómo lo hicisteis? —insiste con brusquedad don Alonso—. ¿Los llamasteis a voces? ¿Os pusisteis a gritar en medio de la iglesia? ¿Fuisteis corriendo a las habitaciones privadas de los monjes y aporreasteis las puertas?

— No, claro que no. Primero llamé al sacristán. Acababa de terminar el oficio y aún andaba por la iglesia recogiendo y poniendo orden. Al principio, no quería creerme. Luego, cuando le mostré las señales, entró en gran nerviosismo y se marchó corriendo. Volvió al rato con el cillerero, un tal fray Luis, si no recuerdo mal. Al poco llegaron otros monjes, todos queriendo ver lo que yo había dicho. Fue el cillerero el que mandó llamar al prior.

— Y ¿el prior avisó a las autoridades?

— No. Los frailes discutieron mucho entre sí, aunque ninguno hizo nada, sobre todo porque el prior, fray Bernardo, insistió en que no había de qué alarmarse. Según él, las señales eran antiguas, hechas el mismo día del entierro.

— Pero vos no lo creísteis así.

— No.

Se queda pensativo don Alonso, reflexionando sobre lo que ha oído, antes de inquirir por un último asunto que, como decíamos antes, le llama la atención. Y es que don Beltrán, a pesar de ser una de las pocas personas con las que ha hablado que conoció bien a doña Teresa, es el único que no parece creer en la explicación que corre por el pueblo, la de que la Señora no está en su sepulcro por habérsela llevado Dios a los cielos.

— Veréis, señor —explica don Beltrán ante la pregunta del de Oviedo—, no es que no crea en la santidad de doña Teresa, que sin duda tenía méritos suficientes para ir a los cielos. Lo que dudo es que Nuestro Señor necesite forzar las tapas de los sepulcros para llevarse a sus escogidos.

Reconozcamos que el comentario es muy acertado y así lo encuentra también don Alonso, que sonríe al escucharlo. Lo cierto es que el de Oviedo empieza a sentir una cierta simpatía por el anciano con el que está hablando. Bien es verdad que tiene un carácter irascible, aunque no llega a ser, ni con mucho, la fiera intratable que le habían dibujado.

— Decidme —le pregunta con curiosidad—, ¿qué motivo creéis que puede haber para que alguien se haya llevado de su tumba el cuerpo de doña Teresa?

— ¿Y eso qué más da? —en su voz hay una tristeza profunda—. Se lo han llevado, ¿no os basta?

— No, no me basta —dice don Alonso secamente—. Quiero saber el porqué, quiero saber los motivos.

— ¿Los motivos de un loco? Porque solo un loco se atrevería a sacar a un muerto de su tumba.

— Un loco que planea con cuidado y ejecuta sus planes con pulcritud.

Don Beltrán se levanta impaciente de la silla en que está sentado.

— Está bien. Entiendo lo que me queréis decir —exclama exasperado—. Pero yo no conozco los motivos. Ni siquiera soy capaz de imaginarlos.

Siente don Alonso, como en su propio cuerpo, lo profunda que es la desesperación del anciano y una vez más, extrañado, se pregunta por qué. Durante un segundo acaricia la idea de interrogar a don Beltrán sobre este punto y no se decide a hacerlo pensando que es difícil que el anciano conteste a una pregunta tan directa. Mi sospecha, ya lo dije antes, es que aunque don Beltrán contestara, el de Oviedo no iba a entenderle, y tal vez en esto soy injusto. Es poco lo que conocemos de don Alonso y quizá su corazón guarde también algún secreto del que no sabemos nada.

— La cuestión —continúa diciendo don Alonso— es que motivos para sacar a un muerto de su tumba hay muchos, pero ninguno que se pueda relacionar con doña Teresa. Por lo que sé, ella solo era una anciana dama, casi una monja, dedicada a sus rezos y caridades. Solo hacía el bien: dar de comer a los pobres, cuidar de los enfermos, limosnas y obras pías. ¿Quién podría tener nada contra ella?

Don Beltrán escucha en silencio, los ojos grises de piedra, mudos, el rostro pétreo, impasible, como si cada palabra de don Alonso fuese un arma contra él y tuviera que defenderse.

— La imagino muy anciana —continúa don Alonso con voz suave y sin piedad—, muy arrugada, temblándole las manos y la barbilla, vestida de negro y con blancas tocas de viuda, rodeada de mujeres como ella, también viejas, también temblorosas y rezadoras. ¿Cómo es posible...? ¿Quién podría...? ¿Quién querría...?

— No... —la dureza de don Beltrán se desmorona por momentos.

— Vos la conocisteis... decidme, ¿era así?

— No... sí... —don Beltrán lucha consigo mismo—. Era así... y no lo era —ante la mirada de incomprensión de don Alonso hace un esfuerzo, un gigantesco esfuerzo, y sus ojos de anciano se cierran queriendo retener tras ellos una imagen, un destello, un instante de una vida que ya no es y que nunca será más.

Doña Teresa, la decrépita anciana de hábito negro y blancas tocas, arrugada, temblorosa, la Limosnera de Torrijos, la Santa, la Loca del Sacramento, la Boba de Dios, como la llamará Isabel dentro de poco en un breve rapto de envidia o de celos, nada de eso existe en la mente de don Beltrán o si existe se diluye en otros recuerdos.

— Yo la conocí cuando era una de las principales damas de la reina Isabel —dice al fin, casi en contra de sí mismo.

Don Alonso espera con paciencia a que siga hablando, pero su compañero se aleja, le da la espalda. Si estuviera de frente podría verle los ojos, observar en ellos la nostalgia y algo más, mucho más.

— Era la dama más hermosa de la Corte.
— ¿Ya estaba casada con don Gutierre?
— Sí.

A don Alonso no parece importarle no ver la cara de don Beltrán. Piensa incluso que así será más fácil para el anciano: de espaldas a él, frente a la ventana. Ninguno ve el rostro del otro y, a pesar de ello, don Beltrán endurece el gesto como si tuviese que defenderse de algo. Y quizá sea así: doña Teresa era la dama más hermosa de la Corte y estaba casada con el comendador de León, don Beltrán era un joven capitán que solo poseía en este mundo su arrojo, su espada y su caballo. Sí, don Beltrán endurece el gesto, lo ha hecho durante años, aprieta la mandíbula, alza la barbilla y queda solo, en aquel rostro impasible, el fuego de unos ojos grises.

La anciana dama de tocas blancas se diluye en el aire y deja paso, poco a poco, a una imagen más antigua que se recompone con cada suspiro, con cada parpadeo, con cada ráfaga de brisa que, a través de la ventana, trae de algún lugar lejano olor a jazmín y a flor de naranjo.

Ante los ojos de don Beltrán surge el óvalo perfecto de un rostro aún un poco aniñado, blanco y terso. Los ojos azules, de un azul intenso, son algo tristes, y la boca pequeña y jugosa sería casi sensual si no fuese por el gesto serio.

Quisiera don Beltrán asir el aire para que no se fuera nunca aquella imagen y poder deleitarse ya para siempre en la frente amplia, en el perfecto arco de las cejas, en la línea breve de la nariz, pequeña y recta, en el marco móvil de un cabello castaño, trenzado a ambos lados de la cara y adornado con perlas y cadenas. Pero el aire se agita y se lleva con él el dulce rostro, el ágil talle vestido de brocado, y las manos. Cierra los ojos don Beltrán intentando detener aquellas manos y las siente sobre su frente como hace cuarenta años, frescas, pálidas, llevándole hacia atrás en el tiempo a un lugar que ya no existe.

Olor a sangre, sudor, vómitos, excrementos y el temible de la putrefacción de la carne. Hombres heridos por todas partes. Ayes y lamentos. Los médicos se afanan de un herido a otro, ponen vendas, restañan la sangre, espantan las moscas. Ante ellos, unos lloran, otros gritan por el miembro que acaban de cortarle, no gritéis, es mejor que pudriros por dentro. En la boca, el sabor ácido del dolor. Pobres hombres, vinisteis aquí a conquistar Granada y miraos ahora, desmadejados, juguetes rotos por un destino implacable: no lloréis como mujeres lo que no habéis podido conquistar como hombres.

El aire está enrarecido por el humo de cien lámparas que iluminan el infierno, cae la noche fuera de esta tienda de campaña. Muchos no llegaran a ver el alba y lo saben. Es el miedo de siempre, a verse a solas, cara a cara con la muerte, y ese miedo no lo alivia el paso rápido del médico, la brusquedad del enfermero que arranca la ensangrentada armadura y deja al aire el cuerpo roto, ni siquiera lo alivia el capellán indiferente, qué remedio, ha visto ya tantos muertos, que va de cama en cama, «credo in unum Deum», desgranando latines.

No recuerda don Beltrán cómo o cuándo ha sido herido. Ni dónde. Nota el tacto viscoso de la sangre entre sus dedos, sabe que lleva la ropa desgarrada y, debajo de ella, también desgarrada la carne, y entre el dolor y el miedo piensa que es una pena, para él se acabó la toma de Granada, no podrá ver subir la cruz y los pendones a la torre más alta de la Alhambra. El dolor le retuerce las entrañas y se impone a cualquier otro pensamiento. ¿Va a morir? ¿Se acabarán allí, entre olores nauseabundos y ayes, sus sueños de gloria? El dolor dice: sí, y don Beltrán cierra los ojos para no ver a la muerte acercarse.

Fue entonces cuando sintió una mano fresca que le apartaba el cabello de la frente. La miró y ella sonreía: no es grave, con la misericordia de Nuestro Señor saldréis con bien de esta. Y mientras tanto, convocados con su gesto, los enfermeros le cuidaban, restañaban su sangre, limpiaban heridas y desgarros, y lo único que importaba, lo que le sujetaba a la vida, era la mano de ella, su mano suave y blanca.

Don Beltrán abre los ojos, se da la vuelta y se enfrenta con don Alonso que le mira en silencio. En realidad hace rato ya que ninguno de los dos habla, hay veces que es mejor así, hay veces que las palabras solo sirven para enturbiar los recuerdos. Hasta el de Oviedo, tan frío en otras ocasiones, parece hundido en sus pensamientos, también él debe de tener una historia guardada en el corazón, quién no la tiene, y pasará el resto del día más silencioso que de costumbre. Gabriel Vázquez, entre burlas y veras, al verle, se pregunta qué poder tiene Beltrán Gómez de Toro, que deja a los hombres silenciosos y cabizbajos. Pero don Alonso no responde a la broma más que con una breve sonrisa.

Para ser prácticos, lejos ya de la poesía y los sentimientos, diremos que a don Alonso lo que le preocupa es esa nueva imagen de doña Teresa convocada por don Beltrán, que de nuevo cambia el concepto que él tenía. Como si doña Teresa fuera distinta para cada persona que la conoció y él fuera incapaz, en su mente, de unirlas todas.

Así que doña Teresa era una joven hermosa y cortesana en los recuerdos de don Beltrán. Era también una madre molestamente eterna, para el duque Don Diego, la anciana que le separó durante años del disfrute del patrimonio que le correspondía por mayorazgo. Doña Teresa fue, por supuesto, la Señora de Torrijos, un símbolo y una institución, con muy poco de humano, daba igual si joven o vieja, era lo mismo que fuera hermosa o que no lo fuera, porque de todos modos era la Señora y lo fue durante tanto tiempo que ya ni los más viejos eran capaces de recordar otra cosa. Y para muchos, doña Teresa fue la Santa, la Limosnera, la que rezaba por todos y a todos ayudaba.

Y en definitiva, se pregunta ahora don Alonso, ¿quién fue de verdad doña Teresa?

Isabel se ha esforzado mucho en preparar la comida. Es domingo, el primer domingo que el invitado de su padre, ese don Alonso serio y un poco brusco, va a pasar en casa e Isabel quiere que esté todo perfecto.

Me da un poco de pena imaginarla, con su desgarbado aspecto adolescente, atareada en la cocina entre guisos y esperanzas, afanándose, impaciente con los criados que refunfuñan ante el trabajo extra y la ruptura de la rutina a la que están acostumbrados. Me apena ese mechón de pelo lacio que se le ha escapado de la redecilla con que se sujeta los cabellos, me entristecen esas manos enrojecidas por el trabajo que ponen el último toque, el perfecto, a cada plato, y me angustian un poco esas gotitas de sudor que hacen brillar sus sienes y el labio superior de una boca que nadie ha besado nunca y que, no cuesta imaginarlo, es posible que nadie bese jamás.

Tal vez el problema es que ya conozco lo suficiente a don Alonso como para saber que no apreciará los esfuerzos de Isabel. Por el contrario, el deseo de agradar y la sumisión le impacientan, como si no hubiera ni un solo hueco en su corazón capaz de encajar con los candores infantiles de la hija de Gabriel Vázquez.

Pero la esperanza es lo último que se pierde, por tópico que sea, y allí va Isabel, corriendo desde la cocina a su dormitorio, para atusarse el cabello y alisarse el vestido y darse un poco, solo un poco, no quiere que se entere su padre, de carboncillo en los ojos en un vano intento de que parezcan más grandes. El corazón le palpita cuando escucha, a lo lejos, en la parte baja de la casa, ruidos de voces: su padre y don Alonso ya han llegado y hablan de ese asunto que a ambos interesa y que les trae tan ocupados.

Según deduce de sus palabras vienen de ver a la madre Victoria, criada que fue de doña Teresa, y que, hoy por hoy, es una anciana venerable que vive en las casas nuevas, retirada como una monja. Tan abstraídos están que cuando Isabel entra en la estancia ni siquiera lo aprecian, si exceptuamos la distraída inclinación de cabeza de don Alonso y la leve sonrisa con que contesta Gabriel Vázquez a su beso.

Mientras ambos continúan con su conversación, da Isabel las órdenes para que se ponga la mesa. Vigila cada detalle y se esmera en que todo esté perfecto, pero desaparecen de la mesa, entre conversaciones y palabras, los hojaldrados de carne y pescado que con tanta ilusión mandó a buscar al mejor pastelero del pueblo, no hay ni un comentario para los capones asados, para el cabrito mechado con tanto cuidado o para las empanadas de pavo y las perdices fritas con tocino magro, y su plato preferido, los artaletes de ave sobre sopas de nata con las alcachofas, calabazas y cebollas rellenas que los acompañan, desaparecen de los platos tan sin pena ni gloria como si hubiesen sido una simple olla de tocino y habas.

El único consuelo es ver como don Alonso da buena cuenta de todo y en especial de los platos de frutas del postre, los buñuelos de manjar blanco, las ginebradas y las costradas de limoncillo y huevos mejidos. Aun con eso, Isabel se siente triste, decepcionada y empieza a dejar crecer en su interior algo muy parecido al rencor por aquella doña Teresa, protagonista absoluta de la vida del pueblo mientras estuvo viva y, quién lo hubiera sospechado, también después de muerta. Y ante el enésimo comentario de su padre sobre la bondad de la Señora y su muchísima piedad, le sale del alma, sin poder evitarlo, la amargura en forma de desdén.

— ¿Sabéis, señor, como la llamaban? —le pregunta a don Alonso.

— La Loca del Sacramento —contesta en su lugar Gabriel Vázquez—. Dicen que le dio ese nombre el mismo Papa, por lo muchísimo que le preocupaba el culto al Santísimo.

— También la llamaban la Boba de Dios —dice Isabel de forma seca.

— Viene a ser lo mismo.

Pero no, no es lo mismo. Es evidente que entre la locura y la bobería hay una enorme distancia y así lo entiende don Alonso. El sobrenombre de la Loca del Sacramento tiene un algo de grandeza, como lo tiene la misma locura, y más en una época en que la reina, la madre del emperador Carlos V, Juana, ha paseado su propia locura por los caminos de Castilla. Por el contrario, el nombre de la Boba de Dios suena a simpleza pura y llana, sin atisbo de esa inteligencia que, en definitiva, como a pesar de nosotros mismos, nos admira de los locos.

— ¿Así era? —pregunta don Alonso intrigado—. ¿Una boba?

— Desde luego que no —se escandaliza Gabriel Vázquez—. Era un alma piadosa, nada más.

— Tan piadosa —corta Isabel, crecida por la atención que le presta don Alonso—, que dicen que cada día sacaba un ánima del purgatorio, sin importarle a cambio meter a su hijo, el Duque, en el infierno.

— No creo que a don Alonso le interesen esos comentarios.

Pero a don Alonso sí le interesan, de hecho le interesan mucho, ya que es la primera vez que alguien se atreve, al menos en su presencia, a decir algo de la Señora que suene a crítica.

— ¿Es que al Duque no le gustaban las caridades de su madre?

— Eso son habladurías.

— No son habladurías, todo el mundo lo sabe —se defiende Isabel—. De hecho cuentan que cuando le preguntaban a don Diego que cómo se encontraba, él, harto de que su madre gastase todos sus ingresos en cosas de devoción, se burlaba diciendo que su único mal, no acostumbrado entre hombres, era el mal de madre.

— Basta, Isabel.

Se ha sonrojado Isabel, tanto por lo atrevido de sus propias palabras, indignas de una doncella ante hombres, como por el tono duro de su padre al reprenderla. Don Alonso no puede evitar sonreír ante la malicia y el doble sentido del comentario, pues el mal de madre, como él muy bien sabe, hace referencia a la menstruación de las mujeres, algo que es evidente que no podía tener don Diego.

Lo interesante, y así lo considera don Alonso, es que el Duque señalase a su madre como culpable de sus males. Y no es la primera vez, en realidad, que le insinúan esto. Aquella misma mañana, sin ir más lejos, la vieja Victoria, doncella de doña Teresa, le ha hablado de lo poco comprensivo que se mostraba a veces don Diego con lo que consideraba derroches de su madre. Vale que se gastase miles de maravedís en la regia obra de La Colegiata, que al fin y al cabo embellecía y enriquecía al pueblo. Vale también que fundase monasterios, que aquello enriquecía el alma y eran obras perdurables a la mayor gloria de Dios. ¿Pero había que vestir y dar de comer a todo desheredado que pasase por su casa? ¿Era necesario dotar con tanta generosidad a todas las huérfanas de la comarca? ¿Y los hospitales? ¿Es que había que construirlos como si en ellos fuera a convalecer el propio emperador? Y eso sin contar muchas otras caridades, como la casa de La Piedra para niños expósitos, los sagrarios y las arcas de oro y plata que mandaba a los altares de todas las iglesias del reino o los cientos de maravedís gastados en redimir cautivos de los moros.

Se ponía muy graciosa la viejísima Victoria intentando imitar, con su boca desdentada, la voz y el porte orgulloso del duque don Diego cuando reñía con su madre, y lo hacía sin maldad, con afecto. Al oírla supuso don Alonso que la madre Victoria debió de conocer al Duque cuando era niño. Es lo malo de las ancianas doncellas, a sus ojos, los niños que acunaron una vez en sus brazos nunca crecen lo bastante como para tomárselos en serio.

No es lo único curioso que ha oído don Alonso en esta entrevista con la madre Victoria. Es verdad que fue a verla sin demasiadas ganas y hasta se hizo acompañar de Gabriel Vázquez por no verse a solas con ella. Por el camino le explicó Gabriel que las casas nuevas en las que vivía la anciana pertenecían a doña Teresa, que había dispuesto en su testamento que las habitaran Victoria y el resto de sus criadas mientras vivieran y pasaran luego a la Colegiata del Santísimo Sacramento.

Era la madre Victoria una mujer tan vieja que casi daba grima verla. Salió a recibir a sus visitantes, temblorosa, apoyándose por un lado en un bastón y por el otro en el brazo de una criada. El tiempo que tardó en cruzar la habitación hasta la silla que había al lado de la ventana, le pareció a don Alonso una eternidad y otra eternidad hasta que la anciana estuvo acomodada, el almohadón para la espalda, el escabel para los pies, la toquilla cubriéndole los hombros a pesar del calor de la mañana. Luego, las demás mujeres de la casa, todas vestidas de paño común y con toca, como monjas, todas ellas viejas y arrugadas, trajeron agua de canela y naranjada y unos bizcochos tan delicados que se deshacían en la boca.

Solo entonces la anciana Victoria empezó a prestar atención a sus visitantes, inclinándose hacia ellos y guiñando los ojos para verlos mejor. Costó mucho encauzar la conversación, pues la madre Victoria contestaba a cada pregunta empezando por el lunes y a la altura del miércoles ya se había perdido en sus recuerdos y divagaciones. Aun así, ha de reconocer don Alonso que fue divertido oír a la anciana haciendo parodia de los enfados del Duque o metiéndose con Gabriel Vázquez, a quien había conocido, igual que a casi toda la gente del pueblo, tan vieja era, de niño.

— Escuchad, madre —pregunta en un momento dado don Alonso—, ¿sabéis que el cuerpo de doña Teresa ha desaparecido de su tumba?

— Dios ha premiado sus desvelos y sus afanes —contesta la vieja categóricamente—. Ya sabía yo que tanta bondad tendría su recompensa. Ahora descansa junto a Nuestro Salvador y desde allí nos vela.

— ¿Estuvisteis vos con ella cuando murió?

— Claro, claro que estuve con ella. Pobrecita, llevaba en cama muchos meses y el doctor, don Luis de Villarrubia, venía todos los días a verla. Doña Teresa le decía: no os esforcéis, doctor, que ya es tiempo que comparezca ante Nuestro Señor y si Él quiere, que me reúna con mi esposo, el Comendador, y con mi querido hijo Alonso. Pero el doctor no cejaba en sus sangrías y sus remedios y no hacía caso de los lamentos de la Señora, que a veces se ponía triste porque tenía miedo de que Nuestro Padre Celestial se hubiera olvidado de ella y no terminara nunca de llamarla a su lado.

— ¿La amortajasteis vos con el hábito de san Francisco? —intenta don Alonso encauzarla.

La madre Victoria frunce el ceño, arrugando aún más su cara ya de por sí muy arrugada.

— La amortajó doña María, su hija, y le puso un traje de terciopelo fino y encajes y botones brillantes de azabache y joyas. Yo me enfadé con ella y le dije: vos sabéis que esto no es lo que quería vuestra madre, que en vida ya llevaba el hábito de san Francisco y más quería llevarlo en su muerte para compadecer con él ante Nuestro Señor. Y al final doña María le puso el hábito debajo del vestido, diciendo que así contentábamos los deseos de su madre y los suyos propios. Pero estaba equivocada. La Señora quería vestir el hábito abiertamente, no esconderlo bajo sus ropas como si sintiera vergüenza de llevarlo.

— ¿Es que siempre vistió hábito?

La madre Victoria ríe con una risa cascada que parece el cloqueo de una gallina.

— ¿Creéis, joven, que nació con él puesto? No. Solo empezó a llevarlo después de quedarse viuda. Mientras estuvo casada con el Comendador y vivió en la Corte tuvo que vestirse de acuerdo a su rango y posición. Y no le gustaba, no señor. Cuando se engalanaba, aunque estaba tan hermosa como una princesa, ella se miraba al espejo y decía: Perdóname, Señor, que Tú bien sabes que nunca estos arreos me agradaron. Pero tenía que hacerlo. El Comendador no hubiera consentido verla vestida con pobreza. A él le gustaba que se viera su posición; todavía recuerdo cuando llegaba, con una decena de antorchas ante él, abriendo paso, y muy ricas mulas, todas enjaezadas de terciopelo carmesí y de brocados. Él mismo, Dios lo tenga en su gloria, se vestía con muy costosas telas y joyas, como la cruz de diamantes que llevaba, y que ahora lleva el duque don Diego, y la venera de Santiago, toda de oro, que pasó a su nieto Bernardino. Dejó dicho el Comendador, y después de él doña Teresa, que la cruz y la venera deben pasar después de ellos a sus hijos y luego a los hijos de sus hijos, vinculadas para siempre al apellido de los Cárdenas.

— Así que el Comendador —dice don Alonso sin intención— era mucho más mundano que su esposa doña Teresa...

— Habladurías —se enfada la madre Victoria—. Calumnias y habladurías. Siempre hay lenguas envidiosas que quieren empañar la memoria de los poderosos. El Comendador fue siempre un hombre bueno y piadoso y mi Señora nunca creyó lo que decían, nunca.

— ¿Qué decían? —pregunta sorprendido don Alonso.

— ¿Y eso qué importa? El Comendador murió con la conciencia tranquila y no sé por qué se dijo lo contrario. Mi Señora estuvo con él en el lecho de su muerte, y su alteza, la reina Isabel, y aquel fraile, el cardenal, ya sabéis, Jiménez de Cisneros. ¿Creéis que hubiera sido así si hubiera habido barullos y trapicheos? Malas lenguas envidiosas, eso es lo que son, malas, muy malas lenguas.

Don Alonso mira a Gabriel Vázquez y alza una ceja interrogativa. El asunto le ha interesado y aunque intenta sacar algo más de la madre Victoria, esta les dice de pronto que se encuentra cansada y, con esa insolencia de la que en ocasiones hacen gala los viejos, los despide con cajas destempladas.

— ¿Qué asunto es ese del Comendador? —pregunta don Alonso cuando salen de la casa.

Gabriel Vázquez se encoge de hombros.

— No sé, algo que ocurrió hace más de treinta años.

— Barullos y trapicheos, eso ha dicho la anciana, ¿no sabéis a qué se refería?

— A acusaciones que se hicieron hace mucho tiempo. Se anduvo murmurando que el Comendador no tenía muy claras las cuentas. Habéis de recordar que uno de sus cargos fue el de contador mayor y, por lo visto, se llegó a decir que sus libros estaban embarullados para ocultar que había metido mano en la bolsa y se había enriquecido a costa de unos dineros que no le pertenecían.

— ¿Será eso verdad?

— Con sinceridad, yo creo que no —dice rotundo Gabriel Vázquez—. Lo que ha dicho la madre Victoria es cierto, doña Teresa no lo hubiera admitido.

— Tal vez no lo sabía.

— ¿Y no lo sabían tampoco los reyes? Ellos fueron los albaceas del testamento de don Gutierre. ¿Creéis que lo hubieran sido si hubieran tenido la más mínima sospecha sobre la procedencia de sus bienes?

— No, supongo que no.

— Y además, ¿qué importa ahora todo eso?

Don Alonso suspira un poco desmoralizado.

— No lo sé. Solo pretendo encontrar algún motivo que explique nuestro misterio.

— Pues ¿sabéis lo que os digo? No vais a encontrarlo en algo que ocurrió hace más de treinta años.

Asiente don Alonso algo dubitativo. La realidad, piensa, es que ni Gabriel Vázquez ni él mismo, cada uno con su punto de vista, con su forma particular de mirar, ha avanzado demasiado en la investigación.

Pero no nos precipitemos. Volvamos a la casa de Gabriel Vázquez de donde salimos ya hace un rato para contar la entrevista que, de mañana, el alcalde y don Alonso habían tenido con la madre Victoria. Volvamos al comedor donde Isabel ha puesto sobre la mesa no solo las ricas viandas que han comido, sino también sus esperanzas, de momento, todo hay que decirlo, bastante infundadas. Cuando la comida termine, se retirará Gabriel Vázquez a descansar en su aposento mientras don Alonso, demasiado inquieto para dormir, se acomodará en la mesa, ya despejada por los criados, y provisto por Isabel de papel y pluma, se pondrá a escribir, con la caligrafía ilegible de los hombres de letras, algunas notas.

El silencio y la frescura de la casa son agradables y la estancia en la que se encuentra también. La mesa, maciza y oscura, está cerca de la ventana, y don Alonso apenas levanta los ojos de lo que escribe ni se deja distraer por la luz alegre de la tarde. No llegan a sus oídos las voces apagadas de los criados, ni el jolgorio de los pájaros que juegan a perseguirse entre las ramas de los olivos, ni los ladridos de los perros lejanos.

No es la primera vez que se pierde don Alonso estos pequeños placeres, ese dejar vagar la vista por la inmensidad de un segundo perfecto, sin pensar, sin sentir, notando solo como la vida fluye, pacífica y rotunda. Allá él, algún día se dará cuenta de que estuvo siempre tan atareado que ni siquiera tuvo tiempo de tomar conciencia de sí mismo.

De momento, toma notas y resume lo que ha averiguado y hemos de reconocer que ha sido bastante, aunque así, a botepronto, no lo parezca. Cuando él llegó, el pueblo mostraba una apariencia perfecta, si es que no resulta demasiado irónica la frase referida al lugar del que ha desaparecido un muerto: doña Teresa, una santa; la familia, preocupada; las autoridades, trabajando al unísono. Y después de varios días de conversaciones y preguntas resulta que todo tiene un envés, como poco, intrigante. El hijo de doña Teresa, don Diego, fastidiado por que la larga vida de su madre le impide disfrutar de su mayorazgo; la hija, saltándose a la torera sus deseos tal vez por vanidad mal entendida, y haciéndola enterrar emperifollada de encajes y joyas; las autoridades, de buen entendimiento nada, el corregidor, por lo visto, olvida sus obligaciones mientras que el alcalde, Gabriel Vázquez, busca un motivo para pedir su destitución. Además, hay un anciano enamorado de un recuerdo y la historia enrevesada de posibles estafas, delitos de cohecho que diríamos ahora, que implican al marido de la desaparecida doña

Teresa. Si algo de todo esto puede llevar a la solución del misterio todavía no lo sabemos, aunque no me resisto a adelantar que será Isabel, sí, la triste Isabel a la que nadie presta demasiada atención, la que va a poner sobre la mesa una pista más y, por cierto, una de las más interesantes.

— Perdonadme, don Alonso, ¿puedo hablaros un momento?

Don Alonso levanta la cabeza de sus notas algo fastidiado. Allí está Isabel, delgaducha, anhelante, retorciéndose nerviosa los dedos y suplicando con la mirada.

— Claro, Isabel, pasad —responde el de Oviedo, a pesar de todo, muy educado—. ¿Qué puedo hacer por vos?

— Veréis, es que estuve pensando... —Isabel entra en la habitación, se acerca a la mesa y se sienta en el borde de una silla con timidez—. ¿Recordáis lo que me dijisteis acerca de los rumores? ¿Aquello de que no hay nada que diga todo el mundo, sino, en cada ocasión, palabras de personas concretas?

— Sí, lo recuerdo.

— Pues me puse a pensar en aquel rumor de que el cuerpo de la Señora había desaparecido, ya sabéis, antes de saber con certeza que así había sido. Intenté recordar dónde lo había oído y a quién...

— ¿Y lo recordasteis? —pregunta don Alonso.

— No exactamente. Así que le pregunté a Juana, mi criada, ¿sabéis quién digo?, la más joven. La otra, la mayor, es Jacinta. También están las que limpian en la cocina...

— Sí, ya sé quién decís —corta don Alonso impaciente, temiendo una relación completa del servicio de la casa—. ¿Y qué os dijo Jacinta?

— Juana, fue Juana.

— ¿Qué os dijo Juana? —rectifica don Alonso armándose de paciencia.

— Ella y yo estuvimos hablando. Yo recordaba que había oído el rumor en la iglesia, me lo dijo la señora Luisa, la esposa del platero, aunque no sé si fue la primera en decírmelo o, por el contrario, yo ya lo sabía. A Juana, en cambio, se lo dijeron en el mercado, está segura, pero no recuerda quién.

— Bien, ¿y qué?

Isabel mira a don Alonso con ojos suplicantes. Le está resultando más difícil de lo que había pensado exponer sus pensamientos y, nerviosa, no deja de retorcerse las manos.

— Pues que estuvimos hablando y de pronto recordamos al Cortés.

— ¿El Cortés? —pregunta don Alonso confundido y empezando a perder la paciencia—. Isabel, no entiendo...

— El Cortés anduvo diciendo por todo el pueblo que vio cómo sacaban a doña Teresa de la iglesia del monasterio.

— ¿Qué? —se asombra don Alonso—. Por Dios, Isabel, ¿me estáis diciendo que hay un testigo, alguien que lo vio todo? ¿Cómo es posible? ¿Lo sabe vuestro padre?

Isabel intenta tranquilizar a don Alonso, incluso alza las manos como para sujetarlo porque el de Oviedo se ha levantado y parece dispuesto a salir corriendo, irrumpir en la habitación de Gabriel Vázquez y sacarlo de la cama en la que está durmiendo.

— Por favor, esperad... —suplica Isabel—. Es que vos no sabéis... nadie hace caso de lo que dice el Cortés. Él siempre está diciendo tonterías ¿entendéis?, porque no está bien de la cabeza. Al pobre lo descalabró su padre a golpes, siendo niño, que un poco más y lo mata.

Se calla Isabel de pronto, cohibida por la mirada de don Alonso que, al oírla, se ha quedado de pie, en medio de la habitación, con una expresión indefinible.

— Está bien —suspira el de Oviedo. Y, resignado, vuelve a sentarse—. Empecemos por el principio —dice—. ¿Quién es el Cortés?

Y de forma entrecortada, con timidez, Isabel se lo va contando.

El Cortés es un pobre hombre, más tonto que loco, que de siempre ha vagado por el pueblo viviendo de la caridad. A veces le persiguen los niños para burlarse de él y tirarle piedras, a veces las mujeres, compasivas, le dan las sobras de la cocina, y a veces los hombres, con más buena intención que paga, le encargan los trabajos penosos que nadie más quiere hacer. Él, a cambio, sonríe y alborota y persigue a los vecinos para contarles al oído sus historias y a las mozas para tocarles el pelo y, si hay suerte, alguna otra parte más jugosa. Y todos se lo quitan de encima a manotazos: «anda, ya, Cortés, vete por ahí» y el Cortés se va por ahí, qué remedio, hablando y tocando al aire que es el único que se deja.

— Ahora ya hace algún tiempo que no sé nada de él —explica Isabel—, aunque hace un par de años, o puede que más, estuvo alborotando mucho. Contaba sucesos muy raros, ni Juana ni yo lo recordamos bien, algo así como que el pueblo había sido invadido por espíritus y fantasmas que hurgaban por las noches en las tumbas y que de ellos no estaba libre ni la Señora, que él había visto como la arrancaban de su sepulcro para llevársela. No lo tomamos en serio, claro, ya os he dicho que nadie le hace nunca demasiado caso. Y hasta es posible que se lo inventara todo porque a veces se inventa cosas. Pero como ahora sabemos que es cierto que la Señora no está en su tumba...

— Ya veo —dice don Alonso pensativo—. Lo que pensáis es que el Cortés podía estar diciendo la verdad.

— Espero que no —Isabel se santigua asustada.

— Ya me entendéis... Si, como decís, el Cortés no tiene muchas luces, pudo ver a los que sacaban el cuerpo de doña Teresa y, al no poder explicarse algo tan extraño, pensar que se trataba de espíritus y fantasmas. Tendré que hablar con él, ¿dónde puedo encontrarle?

En eso, Isabel no puede ayudarle. El Cortés es un espíritu libre que nunca se sabe dónde para: puede estar en el campo persiguiendo conejos, puede estar vagando por las calles en busca de alguien que le escuche, o puede estar durmiendo a pierna suelta bajo la sombra de cualquier tapia.

— Preguntad a mi padre, él os ayudará —dice Isabel sonriendo. Se siente tan satisfecha de que su idea haya sido aceptada que podría ponerse a cantar y a bailar en medio de la habitación.

El que no va a aceptar tan bien la idea, todo hay que decirlo, es Gabriel Vázquez. Cuando don Alonso se lo cuente arrugará el ceño y pondrá en su rostro una expresión escéptica.

— Por el amor de Dios, don Alonso, ¿tan desesperados estamos que nos vamos a poner a escuchar las bobadas del tonto del pueblo?

Pero al final y a pesar de su escepticismo, Gabriel Vázquez ordena a sus alguaciles que busquen al Cortés. Me imagino que a estas alturas a nadie le extrañará si digo que no lo van a encontrar. Al Cortés parece habérselo tragado la tierra. Si antes se le podía ver por todas partes, si siempre parecía estar en medio, estorbando, si cualquiera se lo tropezaba en cuanto daba dos pasos, ahora nadie encuentra de él ni el rastro. Los alguaciles de Gabriel Vázquez van preguntando, inútilmente, de puerta en puerta, y las respuestas son siempre las mismas:

—Ahora que lo decís… hace tiempo que no lo hemos visto.

Y se miran sorprendidos los unos a los otros, intentando recordar la última vez que le vieron y cayendo de pronto en la cuenta de que no le han echado de menos, así de egoístas somos los seres humanos, como burros con anteojeras, que solo nos preocupamos de lo nuestro, de lo que tenemos delante, de lo que nos afecta de forma personal. En honor a la verdad diremos que todos en el pueblo sienten un poco de vergüenza y, como a nadie le gusta sentirse así, se enfadan con el Cortés: ¿será posible, el tonto este? ¿Dónde se habrá metido?

Este compás de espera, mientras prosigue la búsqueda del Cortés, permite a don Alonso, hombre por naturaleza muy curioso, dedicarse a otras investigaciones, como aquellas que conciernen al turbio asunto de las posibles estafas de don Gutierre de Cárdenas. Tarea difícil, hay que reconocerlo, pues otra vez se trata solo de rumores, de habladurías, como dijo la madre Victoria, y en este caso, además, habladurías de hace nada menos que treinta años. La suerte es que tenemos en el pueblo a don Beltrán Gómez de Toro, tal vez el único colaborador de don Gutierre que queda con vida.

El día empieza, por tanto, con una nueva visita de don Alonso al anciano capitán. Lo encuentra a la puerta de su casa, preparado, según dice, para dar un paseo y respirar un poco el aire.

— ¿Y vos? —pregunta de esa forma impertinente que tan bien casa con la expresión de sus ojos—. ¿Ya habéis resuelto el misterio?

Admite don Alonso que no, sin sentir por ello vergüenza. Ya hemos dicho varias veces que lo que a otros les produciría una sensación de malestar, al de Oviedo no parece afectarle demasiado. Se suele quedar impasible ante situaciones que resultan incómodas para el resto de la humanidad.

En fin, que don Alonso no se da por aludido ante el desplante del de Toro e incluso se ofrece a acompañarlo y así podrán hablar los dos sin que la conversación altere los hábitos y costumbres del anciano.

Su paseo los llevará a las afueras del pueblo, hacia la Almendrava, camino que recibe el nombre de la gran cantidad de almendros que le dan sombra y que conduce, más al norte, hasta la ermita de La Magdalena.

En el camino, don Alonso busca la manera más suave de plantear sus dudas sobre la honradez del Comendador porque no quiere, dado el carácter de don Beltrán, que este se revuelva contra él, indignado. Pero don Beltrán no se toma el asunto en serio.

— ¿El Comendador falseando cuentas? Me temo, don Alonso, que en esto andáis muy equivocado. Espero que en todo lo demás tengáis el ojo más certero, porque si no...

— ¿Por qué estáis tan seguro? —insiste don Alonso—. Si el Comendador no tenía las cuentas claras tampoco iba a pregonarlo. Sería fácil que vos no os enterarais.

— Desde luego. Yo era, nada más, un capitán a su servicio. Es cierto que nos tratábamos bastante pero, tenéis razón, yo no estaba al tanto de lo que él hacía o dejaba de hacer y mucho menos en asuntos tan importantes como los que conciernen al cargo de la contaduría mayor.

— ¿Entonces?

— Entonces, nada. El problema es que vos conocéis muy poco de don Gutierre. Él era un hombre rico. Poseía todo el estado de Maqueda, con las nueve villas de su alfoz y sus fortalezas, como las de Maqueda y San Silvestre. Además, las villas de Elche, Aspe y Crevillente, en el reino de Valencia, y en el Andalucía, la taha de Marchena, con más de mil vasallos. Y de todo ello tenía las rentas y pechos, los derechos, tributos y censos. Tenía casas principales no solo aquí, en Torrijos, sino también en Toledo, en Maqueda, en Ocaña y en el Campillo, y dehesas en Requena, la Puebla, Horcajada y otros lugares de Toledo. Poseía rentas en el Campo de Calatrava, en Molina, en Andújar e incluso en las Horchillas de la Gran Canaria, Tenerife y La Palma. Y todo eso sin contar los maravedís de juro en Medina del Campo, Illescas y su partido y Ocaña. Y os nombro todo esto, así, de memoria, y seguro que me olvido de algún otro patrimonio importante. Las yeguadas, por ejemplo, que criaba en el Campillo, con unos corceles tan espléndidos que incluso venían de otros reinos a por los caballos del Comendador. Todo lo fue ganando don Gutierre con su servicio a los reyes, doña Isabel y don Fernando. Nunca hizo secreto de ello, ni los reyes tampoco, y estoy seguro de que se pueden encontrar los documentos que lo confirmen. Con todo esto, don Gutierre no tenía ninguna necesidad de andar falseando libros para hacerse con algunos míseros maravedís de más.

— Supongo que no —admite don Alonso— ¿Por qué, entonces, los rumores y las habladurías?

— Porque era un hombre poderoso, uno de los más influyentes de la Corte. ¿Creéis que, siendo así, no tendría alrededor envidiosos y enemigos deseando desacreditarlo y provocar su caída? Señor, temo que seáis demasiado inocente.

Don Alonso no contesta a este comentario. Con la vista fija en el camino, parece abstraído en sus pensamientos y don Beltrán lo deja estar, caminando en silencio a su lado.

Llegan así los dos a La Magdalena. Se levanta la ermita en un altozano por donde corre un airecillo fresco que don Alonso agradece. Alejándose un poco de don Beltrán, que se ha sentado en el banco de piedra del lateral de la iglesia, no en vano, no lo olvidemos, es un hombre anciano, el de Oviedo se acoda en la pequeña balaustrada que delimita los terrenos de la ermita y deja vagar la mirada por las tierras planas que se extienden ante él: olivos hasta donde alcanza la vista, el pueblo apelotonado en medio, y allí, a lo lejos, el horizonte.

Dejándose llevar de la curiosidad, le pregunta a don Beltrán cómo y cuándo conoció a los Cárdenas y este contesta que fue hace mil años, en la guerra de Granada.

— Los reyes habían anunciado que necesitaban gentes para su ejército y acudieron cientos de caballeros, hidalgos y hombres de armas, unos atraídos por la propia guerra y otros codiciando el botín. Yo fui uno de esos caballeros.

Parece don Beltrán perderse en sus recuerdos, como hacen tan a menudo los ancianos. Sus ojos se iluminan y la memoria, esa memoria tan frágil con el presente, dibuja ante sus ojos, con claridad, el pasado.

Don Beltrán, entonces, era solo un joven con algo más de veinte años, qué lejano le parece ahora todo y qué inocente aquella juventud inflamada de sed de aventuras.

Había abandonado su hacienda empobrecida de Toro, su nobleza de segunda fila, y con un caballo desgarbado, una cota de malla que había visto mejores tiempos y una espada heredada de su padre, se había encaminado a Granada, lejana y exótica, promesa de riquezas y gloria para los que supiesen ganarlas.

— Allí estaban los Cárdenas y los Enríquez —le dice a don Alonso—, al lado de los reyes, como siempre estuvieron. Don Gutierre ya era comendador mayor de León y contador mayor, y no solo participaba en la guerra con las gentes de su casa, sino que además tenía otros muchos cargos, como la administración de todo lo que fuera necesario en la hueste. También estaba Enrique Enríquez, pariente de doña Teresa, que era el mayordomo mayor del rey, y la propia doña Teresa, dama de la reina. Ellas, la reina y doña Teresa, como os conté el otro día, organizaron lo que llamaban el Hospital de la Reina para atender a los enfermos y los heridos de las batallas.

Los recuerdos acuden a borbotones a la memoria de don Beltrán, que sacude la cabeza como queriendo espantarlos. Don Alonso sonríe al verlo y permanece en silencio, qué bien conoce la naturaleza humana, que los viejos, por fieros que sean, no van a resistirse a algo tan escaso como un buen oyente. Duda un momento don

Beltrán, baja los ojos y quitado ya el dique, convocados todos los recuerdos, los deja fluir libres y sin trabas.

— La verdad es que vi por primera vez a don Gutierre mucho antes de la toma de Granada...

Mucho, mucho antes, en el año del Señor de 1476, cuando don Gutierre ni siquiera era todavía comendador de León ni señor de Torrijos y el propio don Beltrán no era don Beltrán, sino un flaco niño de once años recién cumplidos, un chiquillo insignificante con la cabeza llena de sueños y aventuras.

Toda Castilla estaba en armas. Peleaban unos y otros por el trono castellano: de un lado los partidarios de la infanta Isabel, en realidad, ya reina, como se había hecho proclamar un par de años antes, en Segovia. De otro lado los partidarios de doña Juana, la Beltraneja, como la ha llamado la Historia, no sabemos aún si justa o injustamente. Pero no era solo una guerra de sucesión, sino todo un mundo en guerra desde hacía años. Cada uno de los grandes señores, con sus escuderos, parientes y mesnadas, guerreaba con sus vecinos y asolaba sus tierras. En Andalucía, la guerra entre el duque de Medina Sidonia y el marqués de Cádiz tenía a toda Sevilla convertida en un campo de batalla. En Córdoba ocurría lo mismo entre Alonso de Aguilar y el conde de Cabra. En Murcia, los Fajardos ignoraban al resto del mundo. Don Alonso de Monroy y Pedro de Mendoza tenían por suyo el reino de León y lo manejaban a su antojo. En Toledo, reñían los Silva y los Ayala; en Burgos, el Condestable y el conde de Treviño; en Extremadura, los Zúñiga y los Álvarez de Toledo. Vizcaya estaba amenazada por los condes de Haro y en Asturias mandaba el conde de Luna, a pesar de la oposición de los Manrique. El marqués de Santillana luchaba por Carrión con el conde de Benavente y los Mendoza y los Pacheco por la herencia de Alvaro de Luna. Como dijo un cronista: «si hubiera más Castilla, más guerra habría» y todo ello sin contar otras disputas en otros reinos: agramonteses contra beamonteses en Navarra, la guerra de los payeses de remensa contra sus señores en Cataluña o la lucha de los barceloneses contra su rey.

En resumen, cada fortaleza, cada castillo, incluso cada casa, era un reino aparte que se creía con derecho a imponerse a todos los demás. Y no acababan aquí las guerras. Existían otras eternas, igual de crueles, de judíos contra moros y moros contra cristianos y cristianos contra judíos y moros, y todos ellos invocando a un Dios que sin duda, de tener algo de sentido del humor, lo verá todo desde su cielo y reirá a carcajadas.

En este mundo había nacido y había crecido Beltrán Gómez de Toro, hijo de pequeños nobles, orgullosos y empobrecidos. No nos extrañe pues su afán de aventuras, sus sueños de guerra, el deseo belicoso de su joven corazón, que solo puede pensar en empuñar una espada y, a lomos de un caballo bravío, guerrear. No sabía todavía contra quién y, en definitiva, daba lo mismo. Enemigos había muchos, uno en cada hombre, y campos de batalla, en aquel mundo en guerra, como hemos dicho, sobraban.

Los recuerdos han llevado a don Beltrán a aquellos tiempos lejanos, en concreto a un día, primero de marzo, en el que el pequeño que entonces era vio acercarse huestes numerosas por el camino que viene de Zamora. Tal vez ni siquiera sabía quiénes eran los contendientes, o tal vez sí, que en algo han de distinguirse las batallas de los reyes de otras batallas cualesquiera. Y allí venían, resueltos a luchar, dos grandes reyes: Alfonso V de Portugal, al que la Historia llamará el Africano, y un jovencísimo Fernando de Aragón, rey de Castilla por su matrimonio con Isabel y poco después, por muerte de su padre, Juan II, también de Aragón. En uno y otro bando, nobles, hidalgos y altos prelados de la Iglesia, cada uno de ellos con sus razones y sus argumentos, cada uno de ellos con armas bien empuñadas, dispuestos a defenderlos.

Cae la tarde en el campo de Peleagonzalo, a una legua escasa de Toro y de la casa de Beltrán Gómez. La luz ya escasea y la lluvia, que no ha cesado en todo el día, no contribuye a hacer más agradable la espera. El terreno es salvaje, lleno de quebradas y barrancos. Se pregunta a sí mismo el pequeño Beltrán Gómez cómo podrá, en esas condiciones, darse la batalla y casi teme que esta no se produzca, que ambas huestes la eviten, que sigan los que van en primer lugar, los hombres de Alfonso el Africano, hasta Toro y que nos los sigan los de don Fernando. Al pronto observa, desde la altura de su escondrijo, cómo los portugueses se paran y cómo se ordenan las escuadras de cara a Zamora, por donde viene el ejército castellano.

Pasan las horas mientras unos y otros se colocan. El de Portugal da el mando del ala izquierda de su ejército al príncipe don Juan, a quien llaman el Príncipe Perfecto. En esta ala están los mejores caballeros y el grueso de la artillería. El ala derecha se divide en varios grupos, quizá está allí Alfonso Carrillo de Acuña, arzobispo de Toledo, que había anunciado, despectivo, que le quitaría el reino a Isabel y le haría volver a hilar la rueca.

El ejército de Fernando se ha dividido en tres alas. En la del centro va el mismo rey, llevando delante el estandarte real. En el ala derecha, seis escuadras, cada una de ellas con sus capitanes y, aunque no lo sabe en ese momento el joven Beltrán de Toro, en una de ellas está Gutierre de Cárdenas. El ala izquierda, que corre a lo largo de la orilla del Duero, está dirigida por otros grandes señores de la categoría del duque de Alba, el marqués de Astorga o el almirante de Castilla, don Alonso Enríquez.

Va pasando la noche en calma. Y de pronto, ya de madrugada, unos gritan por Isabel y Fernando, los otros por Alfonso y Juana, y se desata el infierno.

Desde su escondrijo observa Beltrán. Está empapado, las ropas pegadas a su cuerpo espigado de niño, el cabello chorreando. Tiembla como un azogado, más por la excitación de lo que está viendo que por efecto del frío. Hasta donde llega su vista, casi hasta el mismo infinito, se extiende la batalla. Si supiera calcularlo podría haber dicho que había más de quince mil hombres peleando. Ambos bandos han encendido fuegos y a la vista de Beltrán es como si el mundo entero estuviese ardiendo y el estruendo es tan enorme, gritos, ayes, voces desaforadas de mando, choque de armaduras y espadas, el retumbar de la artillería, el casco de los caballos azuzados, sus relinchos, trompetas, tambores y timbales, el silbido de las flechas impulsadas por ballestas y arcos, que Beltrán se lleva las manos, no a los oídos, sino al corazón porque es en su mismo pecho donde resuena el fragor de la batalla.

Muy cerca de donde está escondido, peñas abajo, un numeroso grupo de arcabuceros del ejército de Fernando está siendo vencido: los infelices soldados se encuentran casi encerrados, con el río a sus espaldas y, ante ellos, una horda de hombres a caballo que parece invencible. A pesar de la fiereza con que luchan, su derrota es tan eminente que el portaestandarte del rey portugués, un caballero de nombre Duarte D'Almeida, avanza al galope alzando el pendón real en signo de victoria: magnífica figura, tan gallardo, erguido en su montura y haciendo ondear al viento los colores portugueses que ya piensa que son los del triunfo.

No espera ni él, ni nadie, ni Beltrán que mira con los ojos llenos de asombro, lo que se le viene encima: una furia vestida de armadura y lanza en ristre, una furia que galopa como en alas del viento, una furia con un grito fiero en la garganta: «Castilla por doña Isabel y don Fernando» y que choca con todo el ímpetu de su feroz valentía contra el desprevenido don Duarte. Cruje la masa de acero de caballos y caballeros, se rompen las lanzas, y don Gutierre de Cárdenas, pues de él se trata, levanta en un segundo la espada y de un par de golpes tremendos corta de cuajo los brazos de don Duarte, cayendo el estandarte real al suelo. Gritan de júbilo y de pasmo los arcabuceros de don Fernando que hace tan solo un segundo se creían vencidos, gritan de consternación los caballeros portugueses que tan solo hace un segundo se creían vencedores, y grita sobre todo don Duarte D'Almeida de dolor y de rabia.

Aun así, chorreando sangre y ante los ojos de espanto de todos, don Duarte consigue ponerse en pie y parecer fiero y mirar con toda la bravura del mundo a su contrincante y, en un último acto de loco desafío, levantar la insignia real sujetándola con los dientes. No tiene piedad don Gutierre de Cárdenas y la espada cae de nuevo, poniendo fin para siempre a la voluntad indomable del portaestandarte.

Por supuesto, no acabó así la batalla. Siguió durante muchas horas, si bien en la mente de Beltrán Gómez de Toro no queda ya más recuerdo que aquel episodio que se grabó en su memoria como a fuego. Durante días no pudo dormir, pues siempre le parecía tener ante los ojos la imagen terrible de don Duarte, el rostro descompuesto, los brazos cercenados, los borbotones de sangre, escenas espantosas para un niño aun en aquellos crueles tiempos en lo que la guerra y la vida endurecían con rapidez hasta a las almas más sensibles.

Y poco a poco, en sus sueños infantiles, la figura de don Duarte se fue desdibujando, no en vano y seamos realistas, era el perdedor, y adquiriendo importancia, en cambio, la de su contrincante, el valiente Gutierre de Cárdenas. Una y otra vez lo veía surcar como un rayo el campo de batalla, una figura vengadora e invencible, una figura misteriosa, pues Beltrán no sabía su nombre, que llegaba surgiendo de la nada en auxilio de las tropas que estaban siendo vencidas y de dos golpes certeros cambiaba el curso de toda la contienda.

El fiero Gutierre de Cárdenas, por tanto, se convirtió en el héroe por excelencia, dejando sumido en el olvido al pobre don Duarte, a pesar de la proeza de haber perdido los dos brazos y tener aún ganas y fuerzas para sujetar el estandarte con los dientes. Pero los niños son así, admiran sin gota de reserva a los vencedores como, por otra parte, en el fondo de nuestra alma, también hacemos los adultos, si bien solemos adornar nuestra admiración con unos gironcitos de caridad por los vencidos.

Pero volviendo al relato, no tardó el joven Beltrán en enterarse del nombre de su héroe, pues en aquellos tiempos funcionaba muy bien el servicio de cronistas y la gesta de don Gutierre de Cárdenas fue muy comentada, tanto, que durante algún tiempo incluso se pudo ver la armadura, botín de guerra y parte del triunfo, del vencido Duarte D'Almeida expuesta en la catedral de Toledo.

Beltrán pasó muchos años emulando la hazaña que había presenciado. Al principio, como era tan solo un niño, usaba cualquier palo como espada, hendía el aire a mandoblazos y tronchaba todas las ramas que había a su paso imaginando que eran los brazos del enemigo. Luego, el palo dejó lugar a la espada, y el juego, a un entrenamiento duro y sin tregua. Lo que no cambió fue la determinación inquebrantable de luchar a las órdenes de aquel glorioso Gutierre de Cárdenas que había poblado sus sueños de espanto y admiración a partes iguales.

Tuvieron que pasar quince años y mil peripecias que no vienen al caso hasta que Beltrán Gómez de Toro, ya bregado y con cicatrices a pesar de su juventud, consiguió llegar ante don Gutierre y mirándole firmemente con unos ojos grises que ya parecían de piedra, decirle: desde hoy, lucharé a vuestro lado.

— Y así lo hice —concluye don Beltrán, que ha contado la historia con palabras más concisas y mucho sentimiento—. Estuve a su lado siempre, luché donde quiso mandarme y cuando no quiso, no luché. Le vi morir en Alcalá de Henares siendo ya un hombre anciano y, aunque tenía yo cierta riqueza y hubiera podido sin duda retirarme, seguí a las órdenes de doña Teresa.

— ¿Es que albergabais alguna esperanza? —pregunta don Alonso de esa forma brusca que le caracteriza.

Don Beltrán, con insolencia, responde:

— ¿Y a vos qué diablos os importa?

Sonríe don Alonso: el carácter irascible del de Toro no le engaña y más después de tanta confidencia. Qué curioso. Nunca hubiera pensado que estos dos, siendo tan distintos, estudioso y serio el uno, un hombre pacífico de letras, belicoso y fiero el otro, un soldado en alma y cuerpo, llegaran a entenderse. Pero así son las cosas: cuando los espíritus conectan dan igual diferencias de edad y de carácter.

— ¿Nos vamos? —dice el de Oviedo desperezándose—. Tengo que volver a mis obligaciones.

Y despacio, charlando, toman los dos el camino de regreso. La placidez de su paseo quedará rota nada más entrar en el pueblo, pues no han hecho más que cruzar la puerta de Maqueda, cuando se encuentran a un criado de la casa de Gabriel Vázquez, todo nervios y jadeos.

— Al fin os encuentro, señor, os he buscado por todas partes.

Don Alonso, alarmado, pregunta:

— ¿Qué ocurre?

— El señor alcalde quiere que vayáis al hospital de la Santísima Trinidad —explica el criado—. Dice que vayáis pronto o no llegaréis a tiempo.

— Por el amor de Dios, ¿a tiempo de qué?

— A tiempo de hablar con el Cortés, señor, antes de que muera.

Llega don Alonso al hospital para pobres de la Santísima Trinidad corriendo todo lo que le permiten unos pulmones que no están para muchos trotes y que aquella mañana ya han soportado un larguísimo paseo. Le esperan en la puerta Gabriel Vázquez y otro hombre, Bobadilla, mayordomo del hospital y el que se encarga, por tanto, de que el lugar funcione como debe, un buen puesto, hemos de decir, para un hombre de aspecto tan meticuloso.

Observa don Alonso, mientras le saluda, que el mayordomo apenas tiene barbilla, que sus ojos están demasiado juntos y que las manos son pequeñas y cuidadas, y no le cuesta imaginárselo trabajando hasta la extenuación en cuadrar las cuentas o agobiado porque ha encontrado una vela de menos en el almacén. En definitiva, un hombre poco imaginativo, de esos que pueden morir de inquietud por una insignificancia sin ser capaces de ver, en cambio, que el mundo se hunde a su alrededor, lo cual, para determinados oficios es casi una bendición.

Pero, dejémonos de descripciones, no vaya a ser que mientras tanto se nos muera el Cortés sin tiempo para contar lo que conviene a la historia.

Gabriel Vázquez, con pocas palabras, pone al tanto a don Alonso de la situación:

— Bobadilla se enteró de que estábamos buscando al Cortés y dio aviso de que se hallaba aquí.

Asiente el mayordomo Bobadilla con una cara en la que se debaten el orgullo y la preocupación. Está claro que si, por un lado, no le hace demasiada gracia que su hospital se vea involucrado en asuntos extraños, por otro, como los asuntos interesan nada menos que al alcalde y a un señor tan importante como don Alonso, no puede dejar de sentir cierto orgullo por poder ayudarles. Le gusta estar allí, al lado de los dos, haciendo constar, no vaya a ser que no se note, que hace lo que hace por cumplir con su deber.

— Bien, ¿y dónde está el Cortés? —pregunta don Alonso— ¿Puedo hablar con él?

Asiente Bobadilla y les pide que le sigan a través de salas y pasillos. Don Alonso va admirando, como a pesar suyo, pues es evidente que no le ha caído demasiado bien el mayordomo, lo bien atendido y organizado que parece estar el hospital.

Todo lo que se ofrece a su vista está limpio y ordenado. A través de las puertas entreabiertas de algunas habitaciones observa las camas, aparejadas con almohadas, colchones y sábanas, todo un lujo que, si es raro en algunas casas particulares y en muchas hospederías, cuanto más en un hospital para pobres. De vez en cuando, aquí y allá, pequeños cuencos con agua perfumada difunden por el aire su fragancia y refrescan el seco ambiente.

Don Alonso, sin embargo, no puede evitar un gesto inquieto y de desagrado: se mezclan en su nariz todos los olores, el del agua perfumada, el dulzón de jarabes y pócimas, el de comida que se cocina en alguna parte, el de la sangre de sabe Dios cuántas sangrías y el más cruel de la propia enfermedad, ese hedor indescriptible a humanidad dolorida, que no en vano invaden los pasillos las toses y los ayes.

Por entretener el olor que empieza a marearle, pregunta don Alonso a Bobadilla sobre el hospital, y el mayordomo le cuenta que fue fundado, cómo no, por doña Teresa, para que se atendiera en él a todo aquel que lo necesitara, a diferencia del de la Consolación que solo acoge a los enfermos de bubas o sífilis. Cuenta el hospital con camas para catorce enfermos: doce, por los doce apóstoles, un hombre por Nuestro Señor y una mujer en reverencia a Nuestra Señora. Y tiene, además, espacio para treinta y tres peregrinos pobres, que esos son los años que vivió Nuestro Señor en el mundo, a los que se da pan, vino y carne por una sola vez, para que puedan seguir su camino bien confortados. Suman, por tanto, los catorce enfermos y los treinta y tres peregrinos, cuarenta y siete personas en total, a las que se sirve con humildad y en reverencia a Dios: tres de ellos en honor a la Santísima Trinidad; cinco, a las cinco llagas de Cristo; siete, a los siete gozos; nueve, a los nueve meses que pasó el Señor en el vientre de la Virgen; once, a la Santa Concepción, y a San Joaquín y Santa Ana, y doce, a reverencia de los doce Apóstoles, que no digan luego que se deja nada al azar, cada hecho tiene que tener su porqué y cada uno de los actos que realizamos en la tierra ha de hacerse a alguna intención.

Con esto ya queda don Alonso mareado del todo, por lo que apenas oye la última parte del discurso del mayordomo, la más interesante, ya que se va quejando de haber recibido una carta del duque de Maqueda, bastante seca, en la que le anuncia su visita. Baja la voz Bobadilla y, casi como en secreto, expone sus preocupaciones:

— El señor Duque quiere que le informe de las cláusulas, constituciones y ordenanzas que para el hospital hizo doña Teresa, dice que para ver y saber cómo se cumplen y añadir lo que convenga, pero yo me temo que más será para recortar que para añadir, como si no tuviéramos ya que hacer milagros con las rentas que tenemos.

Y milagros son, desde luego, los que hace Bobadilla, pues ha de pagar muchos sueldos, desde el del capellán que dice misa y reconforta a los enfermos y peregrinos, pasando por los del físico, el boticario, los enfermeros, el sangrador o barbero, el despensero, los sirvientes, el cocinero, el portero, el escribano y hasta el del sepulturero, que por desgracia hay algunos que vienen al hospital a morir a pesar de que, como dejó dicho la Señora, se procura coger nada más que enfermos de dolencias curables de tal forma que sanen unos y entren otros, a mayor gloria de Dios. Además están los gastos de proveer a la botica, a la despensa y a la cocina, el gasto de lámparas de aceite para la enfermería y otras partes que las necesitan, el de velas y el de leña, en especial en los meses fríos, y por si fuera poco, el gasto extra de dotar con una camisa, unos zapatos y un real a cada enfermo que una vez curado salga del hospital.

Lo que no dice Bobadilla es que las rentas también son grandes, pues doña Teresa fue especialmente generosa al dotar al hospital. Solo puso dos condiciones: que este debía proveer de medicinas y comida a la enfermería del convento de Santa María y que un fraile franciscano, a cambio, actuara siempre de capellán y visitador del hospital.

Con estas conversaciones llegan a una estancia larga donde se alinean varias camas. Allí, sobre uno de los catres, está el Cortés: su cuerpo enorme, desmadejado; su cara, llena de costurones, enrojecida por la fiebre.

—¿Podemos hablar con él? —pregunta Gabriel Vázquez.

— Por supuesto —contesta Bobadilla—. Aunque no sé si podrá deciros nada coherente porque desvaría desde hace días —observa durante un momento cómo Gabriel Vázquez y don Alonso se acercan a la cama del Cortés y considerando que su deber ya está cumplido pide que le disculpen—. Hay tareas que me reclaman —explica y, ante el asentimiento de los otros dos, sale de la habitación dejándolos a solas con la enfermedad y el dolor.

Don Alonso contempla en silencio el rostro del Cortés. A su mente acude todo lo que le han contado en aquellos días, no demasiado, porque aunque el Cortés siempre ha formado parte integrante del paisaje del pueblo, como los molinos, el mazacote o los olivos, nadie parece saber muy bien, en realidad, de dónde salió ni de dónde vino.

Tampoco ha tenido nadie demasiado interés en saberlo, que si lo hubiesen tenido podrían haber preguntado a los más viejos y ellos hubieran recordado, con esfuerzo, que era hijo de una lavandera que se murió un día agarrada a su colada, harta de lavar la suciedad de otros, y de Juan Cortés, un borracho con tanta entrega que murió ahogado dentro de una tinaja de vino. Triste resumen que oculta toda una vida de miseria y de maltratos. Poco más se sabe. Dicen algunos que al Cortés, siendo aún chico, lo encontraron descalabrado a golpes al lado de la tinaja en la que se había ahogado su padre y a todos les gusta la historia porque explica las cicatrices que el Cortés tiene en la cabeza desde siempre: una que le baja desde el pelo hasta el ojo, partiéndole por la mitad la ceja izquierda y elevándosela en un gesto alegre, y otra que desvía su ojo derecho hacia abajo, dándole a ese lado de la cara un aspecto triste. El caso es que el Cortés, visto de frente, como observa don Alonso, parece estar contento de un lado y apenado del otro, sin que la nariz, en el centro, sepa muy bien hacia dónde inclinarse, que a lo mejor por eso, con el tiempo, la nariz ha acabado teniendo forma de ese. Si es verdad aquello de que la cara es el reflejo del alma, no hay duda de que el alma del Cortés debe de estar muy confusa y dividida y a lo peor es por eso que el hombre nunca pudo encontrar ni oficio ni trabajo que le durara.

Le han contado a don Alonso que hasta la propia doña Teresa intentó hacer algo por él, encargándole algunas tareas simples y fáciles, y no tuvo más remedio que echarlo más pronto que tarde. También le echaron los monjes con los que estuvo de mozo de cuadras durante algún tiempo. El motivo de estos despidos lo sabe todo el pueblo, que no poco se rieron al enterarse, y es que, en casa de la Señora primero, luego en la de los monjes y de vez en cuando por las eras, alguna persona se topaba con el Cortés luciendo alegremente sus vergüenzas. Pobre infeliz, que pensaba con la cabeza de un niño y sentía con el cuerpo de un hombre, porque el Cortés, por inocente que fuera, tenía cuerpo de hombre, de eso no hay ninguna duda, y si no que se lo pregunten a los que tuvieron la mala suerte de encontrárselo con las pruebas al aire.

Y ahora el Cortés agoniza solo, como solo vivió, en el hospital para pobres de la Santísima Trinidad. Su rostro, que nunca fue muy agradable de ver, se empaña con el sudor de la fiebre y un rictus de dolor.

— Cortés, ¿me oyes? —pregunta el de Oviedo inclinándose sobre la cama.

Abre los ojos el Cortés y rebulle inquieto. No conoce al que le habla, pero sí al que está a su lado: es el alcalde, al que recuerda de siempre, gruñón y sonriente, apuntándole con el dedo: «pórtate bien, Cortés, o tendrás que vértelas conmigo».

— Me he portado bien, señor alcalde —balbucea.

— Ya lo sé, Cortés —contesta Gabriel Vázquez—. Dime, ¿te duele mucho?

— Mucho, señor, mucho. Tengo una mula dentro que me está pateando las tripas y el médico no puede sacármela. ¿Me la puedes sacar tú? —mira esperanzado al alcalde y luego, con un poco de temor, a don Alonso. A los dos los ve un poco borrosos. Todo lo ve así desde hace unos días, a lo mejor la culpa es de la mula que se le ha asentado en las entrañas y que no le deja ni comer ni beber y, mucho menos, pensar. Y ahora, aquellos dos, venga a hablarle que por más que los escucha no acaba de saber qué es lo que quieren—. Me he portado bien, señor alcalde —repite, por si acaso—. Lo juro.

Don Alonso y Gabriel Vázquez intercambian una mirada no muy optimista.

— Oye, Cortés, tienes que hacer un esfuerzo. Intenta recordar.

Y él hace un esfuerzo, vaya si lo hace. Todo aquello pasó hace mucho. Era cuando estaba con los monjes. Le gustan los monjes, andan siempre tan serios, con la cabeza gacha y las manos ocultas en las mangas del hábito, como si fueran figuras de un sueño. Él había intentado andar así, y como las mangas de su jubón eran demasiado estrechas, un día tropezó y casi se mata, que por más que quiso sacar las manos para amortiguar la caída, no lo logró y dio con la cabeza en el suelo. Le dolió mucho, como le duelen ahora las coces que le da la maldita mula —Me he portado bien, señor alcalde, lo juro— y eso que sabe de sobra que no está bien jurar. No lo haría si consiguiera entender qué quieren el alcalde y aquel hombre que le mira con tanta fijeza.

¿Recordar? Por supuesto que recuerda. Se había quedado dormido en el huerto y cuando despertó todo estaba oscuro. Cómo se iba a poner el prior, que siempre se enfadaba por cualquier bobada, y pensó que si podía volver a las cuadras donde dormía, sin hacer ruido, nadie se enteraría. Se olvidó de los espíritus. A los espíritus no se los puede engañar. Pues claro que eran espíritus, ¿es que aquel hombre delgado le toma por tonto? Eran ligeros y vagaban por todas partes, sobre todo por la iglesia. Iban de un lado a otro como sombras lúgubres y golpeaban la tumba de la Señora. Pobre Señora, con lo buena que era. Siempre llevaba alguna golosina en los bolsillos para los niños que esperaban ante la puerta de su casa. Él no era un niño y también se acercaba y ella sonreía, tan pequeñita y arrugada que él sentía deseos de protegerla. Porque él era fuerte, muy fuerte, podía proteger a la Señora. No, de los espíritus no podía protegerla porque son de aire y no de carne y hueso y como son de aire hacen corrientes al andar, por lo menos aquellos que él vio las hacían y a su paso temblaban las luces de las velas y los candiles y todo se movía. Se movía Nuestro Señor en la cruz del altar mayor, pobrecito, ahora entiende cómo le debían de doler los clavos de los pies y de las manos y aquella herida del costado, y se movían todos los santos y hasta don Gutierre se movía. Le habían despertado los espíritus, claro, con tanto ruido no podía dormir y rebullía inquieto sobre su tumba. O a lo mejor es que le molestaba que se estuvieran llevando el ataúd de la Señora, que a eso no hay derecho porque la Señora era su esposa y los esposos deben descansar juntos, ¿o es que no lo sabían? Él sí lo sabe, sabe muchas cosas, solo que ahora no puede pensar porque tiene dentro una mula que no hace más que cocearle y cocearle y ya no puede aguantar más.

— Calma, Cortés, calma —Gabriel Vázquez le pone una mano tranquilizadora sobre la frente—. Está ardiendo —le dice a don Alonso.

Don Alonso asiente y vuelve la mirada, de nuevo, hacia el rostro deformado con el que ha estado hablando. Siente una mezcla extraña de piedad y repugnancia. Piedad por su sufrimiento, es evidente que el Cortés no exagera los dolores, repugnancia por la fetidez que se desprende de su cuerpo y que don Alonso tiene metida ya en lo más profundo de su garganta, hasta el punto de que tiene que hacer un esfuerzo para dominar las náuseas.

— Oye, Cortés, una cosa más —insiste—. ¿Pudiste ver a dónde se llevaban aquellos espíritus el ataúd de la Señora?

— Tenía miedo de que me vieran y quisieran llevarme a mí también.

— ¿A dónde? Dime, Cortés, ¿a dónde se llevaban el ataúd?

Está a punto de contestar el Cortés cuando les interrumpe un fraile, tan sudoroso y jadeante como si hubiera venido corriendo sabe Dios desde dónde.

— Perdonadme, hermanos, he de atender a este hombre.

— Solo un segundo —pide Gabriel Vázquez.

Pero no parece el fraile dispuesto a esperarse. De hecho, ya se ha acercado a la cama del Cortés, apartando sin muchos miramientos a don Alonso. Este casi lo agradece, todo hay que decirlo, que a estas alturas se encuentra muy mareado, y es Gabriel Vázquez el que insiste en acabar la conversación.

— Estamos tratando un asunto importante. ¿No podéis esperar?

— No se hace esperar al Señor —contesta con suavidad el fraile—. Por importantes que sean vuestros asuntos, más importante es que este hombre ordene su alma y torne a reconciliarse con Nuestro Salvador. ¿O es que queréis que muera sin confesión?

La pregunta, es evidente, solo tiene una respuesta posible. Hasta el propio Cortés se ha aferrado, nervioso, a las manos del fraile, como si de pronto fuera consciente de que no tiene demasiado tiempo que perder en conversaciones inútiles sobre sucesos que pasaron hace mil años. Gabriel Vázquez, aun así, duda un momento. La ansiedad del Cortés, que ya está murmurando entre dientes una plegaria, la determinación del fraile y, sobre todo, la cara pálida de don Alonso que parece a punto de desmayarse, le convencen.

— Está bien. Seguiremos luego.

Y cogiendo por el brazo a don Alonso, inicia la retirada. A su espalda queda el fraile inclinado sobre el Cortés, rezos y latines, el signo de la cruz del Señor pintado sobre el aire, escena que anticipa la muerte, como si la muerte, hasta entonces, hubiera estado distraída en otros quehaceres y ahora, de pronto, hubiera que convocarla.

— ¿Os encontráis mal? —pregunta el alcalde innecesariamente a un don Alonso de cara desencajada.

— Necesito tomar un poco de aire fresco —contesta con voz débil el de Oviedo.

La verdad es que la salud de este hombre empieza a ser una auténtica rémora, reconozcámoslo, aunque, en esta ocasión, más que un problema de salud, es un problema de entereza. Don Alonso no soporta, como no la soporta mucha gente, la visión de la enfermedad y del dolor, quizá porque ambos nos muestran lo vulnerable que es la naturaleza humana. Y cuando digo naturaleza humana me refiero, en realidad, a todas sus miserias, no nos engañemos, que lo que esconden la frase y el mareo de don Alonso, de una forma tan poética, es un no querer ver hasta qué punto somos de carne y sangre, humores y olores, excreciones y supuraciones, no vaya a ser que entre tanto horror se nos ahogue el alma, lo único que nos salva de la materialidad, la decadencia y la muerte. Tal vez sea demasiada filosofía para adornar un simple mareo, pero, pobre don Alonso, de alguna manera tenemos que justificar su debilidad, que bastante lo va a pagar dentro de un rato, como ahora veremos.

El caso es que Gabriel Vázquez y don Alonso se encaminan hacia la salida del hospital. Va don Alonso pálido, concentrado en no dejar que le traicione el cuerpo de alguna manera poco digna, por ejemplo, vomitando o fallándole las piernas. Ni qué decir tiene que agradece la firme mano de Gabriel Vázquez que lo va sujetando y que le guía, pues él ni fuerzas tiene para fijarse donde pone los pies.

Se cruzan con dos o tres enfermeros que van atareados de aquí para allá, se cruzan con otro fraile que parece llegar tan apresurado como el que han dejado, todavía un poco jadeante, con el Cortés, y se cruzan, por supuesto, con varios enfermos. Cuando consiguen llegar a la calle, respira don Alonso con ansiedad, sin importarle lo más mínimo el olor a mazacote que tanto le ha molestado desde su llegada al pueblo. Al contrario, por primera vez encuentra que hasta el mazacote huele bien y sobre todo huele a gloria el aire, fresco y limpio, ojalá siempre oliera así, o aún más, ojalá pudiera don Alonso pararse frente al mar, un mar inmenso como el de su tierra, ese mar que le falta a Castilla para ser perfecta, y dejar que su olor lo inundara. Qué boba nostalgia, pues don Alonso es de Oviedo, y allí, al fin y al cabo, tampoco tienen mar.

El caso es que Gabriel Vázquez se lleva a casa a don Alonso. El alcalde va un poco enfadado: ha perdido toda la mañana en una charla sin sustancia con el delirante Cortés y, por si fuera poco, tiene que arrastrar a su amigo por medio pueblo. Le devuelve el humor encontrarse con la mesa y la comida preparadas y, aunque Isabel está más pendiente del de Oviedo que de él, hay criados bastantes como para que no le importe demasiado.

— Comed un poco, don Alonso, ya veréis como os sienta bien.

Sin embargo, el de Oviedo no tiene aún demasiados ánimos y se limita a beber a pequeños sorbos el vaso de agua fresca que le ha ofrecido Isabel.

— Una pena —comenta Gabriel Vázquez entre bocado y bocado—. Ese pobre Cortés —aclara—. Una pena, no es demasiado viejo.

— ¿Es que no se va a poner bien? —se interesa Isabel.

— No, no creo. Cuando le dan a uno los últimos sacramentos... Parece que los curas presienten la muerte mejor que físicos y médicos. Ya habéis visto lo deprisa que ha llegado el capellán, como si supiera que no tenía demasiado tiempo.

Asiente don Alonso pensativo. Es verdad que el capellán parecía haber llegado corriendo. De hecho, jadeaba. También corría el otro fraile, el que vieron al salir del hospital, y eso de pronto le resulta inquietante.

— Decidme, Gabriel —pregunta a su amigo—. El fraile que hemos dejado con el Cortés, ¿quién es? ¿lo conocéis?

— Sí, es fray Antonio, el capellán del hospital.

— ¿Y el otro?
— ¿Qué otro?
— El otro que también corría. Lo hemos visto al salir, ¿recordáis?

No presta demasiada atención Gabriel Vázquez, entretenido con la comida.

— Apenas me fije en él. No sé quién puede ser.
— ¿Es habitual que atienda más de un fraile a los enfermos del hospital?
— Que yo sepa, no. No, seguro que no. Ya habéis oído lo que nos ha contado Bobadilla, el mayordomo: pagan a un fraile franciscano para que actúe de capellán, si fueran dos, dado que nos estaba hablando de los gastos, lo hubiera dicho. Pero, ¿qué es lo que os preocupa?

Don Alonso suspira queriendo concentrar todos sus pensamientos. Se diría que ni él mismo sabe demasiado bien cuál es el motivo de su preocupación.

— No sé. Tengo la impresión que cada vez que doy un paso me topo con los franciscanos: el cuerpo de doña Teresa ha desaparecido de un monasterio franciscano, el prior del convento pone todas las pegas del mundo a mis preguntas, el capellán franciscano del hospital nos interrumpe en el momento en el que el Cortés nos iba a decir lo que vio y hay otro franciscano corriendo de aquí para allá sin ningún motivo que lo justifique... ¿No son muchos franciscanos?

Gabriel Vázquez sonríe:
— ¿No estáis exagerando? —pregunta a su vez.

Don Alonso niega con la cabeza. No, no exagera. Y yo estoy de acuerdo con él. Hay muchos franciscanos implicados en este asunto, pues además de los que ya ha citado el de Oviedo, yo, por mi parte, puedo citar varios más: a fray Juan de Tolosa y fray Gerónimo de Paradinas, por ejemplo, confesores primero el uno hasta su muerte y luego el otro, de doña Teresa. O a Fernando de Contreras, al que ya hemos nombrado alguna vez, encargado por la Señora de varios menesteres, como el de dirigir durante años el colegio para niños expósitos de La Piedra o ir a liberar cautivos cristianos a tierras musulmanas. Esto último lo sabe bien Beltrán Gómez de

Toro, que no en vano tuvo que acompañar en más de una ocasión al fraile en sus arriesgadas expediciones y que fue testigo directo de lo que hoy llamamos milagros, como aquella vez en que Fernando de Contreras ofreció a un gran señor musulmán acabar con la sequía en tres días a cambio de todos los niños cristianos que tuviera. Lo malo fue que el señor aceptó la apuesta, añadiendo que si el franciscano perdía se cobraría el precio con su muerte. Beltrán Gómez de Toro vio durante tres días a Fernando de Contreras rezando con tranquilidad y a los tres días exactos cayó el diluvio. Así que el musulmán devolvió a los niños, pero cada vez que había sequía clamaba por Fernando de Contreras resuelto a satisfacer, a cambio de la lluvia, cualquier demanda del monje.

Otro franciscano relacionado con doña Teresa fue fray Juan de Navarrete, hoy en día nombrado por la Iglesia con la dignidad de beato, que podría decirse que todo aquel que tuvo trato con la Señora acaba siendo elevado a los altares. Doña Teresa había escogido a fray Juan para visitar iglesias pobres, en concreto las de Galicia, a donde envió al fraile cargado de sagrarios y objetos sagrados. Allí, fray Juan de Navarrete hizo lo mismo que Fernando de Contreras en tierras musulmanas, auténticos milagros, y no solo mientras estuvo vivo, que dicen que siguió haciéndolos incluso después de su desdichada muerte, producida al caerse de la mula en la que viajaba.

Podríamos citar también a Francisco de los Ángeles y Quiñones, que aunque de momento no es beato ni santo ni se tiene noticia de que haya hecho ningún milagro, fue tío de doña Teresa y ministro general de la Orden, lo que no deja de tener su importancia.

Y nombraremos, ya por nombrarlo todo, un último detalle: la mayor parte de los conventos fundados por don Gutierre y doña Teresa fueron franciscanos, empezando por el de Santa María de Jesús, en Torrijos, donde ambos, como sabemos, fueron enterrados; siguiendo por los de la Concepción, que de este nombre hubo tres, uno en Torrijos, otro en Maqueda y un tercero en Usagre, en Badajoz; y terminando por los de Jesús María y Santa Clara, en Andújar, o el de las Puras, en Almería.

Todo esto no debiera extrañarnos, ya que doña Teresa se crió, junto a su abuela Teresa de Quiñones, en el monasterio franciscano de Valdescopezo, en Valladolid, lo que puede explicar su preferencia por esta Orden. Pero tal vez esto último lo desconozca don Alonso.

Todos estos datos no tienen, en principio, nada que ver con los asuntos que investiga nuestro protagonista, aunque ilustran hasta qué punto la vida de doña Teresa parece ir unida a la de los franciscanos. Los pensamientos de don Alonso, sin embargo, son mucho más concretos.

— Cuanto más lo pienso —le dice pensativo a Gabriel Vázquez—, más extraña me parece la actitud de los monjes.

— ¿Qué monjes? ¿Los del hospital?

— Y los del monasterio. Pensadlo un momento. No han hecho más que ponernos pegas y trabas, a pesar de que debieran ser los más interesados en aclarar el misterio de la desaparición de doña Teresa.

— ¿Por qué los más interesados?

— Porque si ha sido un milagro, como se dice por el pueblo, debieran esforzarse en dejar clara constancia de ello. Y si no lo ha sido, debieran estar deseando exculparse de una desaparición que ha ocurrido en su misma casa, casi bajo sus mismas barbas. Y no solo no se esfuerzan lo más mínimo en colaborar con nosotros sino que, además, se muestran herméticos y silenciosos a la espera de los acontecimientos.

— Ya sabéis cómo son los monjes —contesta Gabriel Vázquez, más distraído con la comida que tiene delante que con la conversación—. Seguro que su manera de colaborar es orando por la pronta solución del misterio.

No le hace demasiada gracia a don Alonso la contestación del alcalde y frunce el ceño. Se siente inquieto, incluso un poco enojado, lo que no es extraño dada la pobre actuación que ha tenido durante la mañana, tan distraído y mareado. Es más, si el de Oviedo fuera aficionado al autoanálisis, que no lo es, hubiera podido darse cuenta de que el enfado que siente es más contra sí mismo que contra el alcalde o los monjes. En cualquier caso, la inquietud se va agrandando y don Alonso acaba por ponerse en pie.

— Voy a volver al hospital —dice con decisión—. Tengo que hablar con el capellán que nos interrumpió y enterarme de quién era el otro fraile que corría.

— ¿Qué? ¿Ahora? —se extraña Gabriel Vázquez—. ¿No podéis esperar a la tarde?

— Ahora. ¿Me acompañáis?

Gabriel Vázquez mira con pena su comida apenas comenzada y con un poco de fastidio a don Alonso.

— ¿Queréis marearos otra vez?

De nada le valen al alcalde sarcasmos o excusas. Don Alonso siente una extraña urgencia por volver al hospital. Con un poco de malicia podríamos atribuirlo a un deseo subconsciente de remediar su pobre actuación anterior. Pero, en fin, no seamos maliciosos, que no viene al caso, y admitamos que don Alonso tiene un presentimiento, una intuición nacida de esa repentina desconfianza hacia los franciscanos.

En resumen, que esta vez es don Alonso el que arrastra, quieras que sí, quieras que no, a Gabriel Vázquez hasta el hospital. No se cruzan con nadie en el camino. Ha pasado ya el mediodía, el calor aprieta y hasta los pájaros parecen haber desaparecido buscando una sombra agradable donde dormir la siesta. En el hospital, todo parece tranquilo. El portero dormita en la entrada, los pasillos están desiertos, y los enfermos, unos más y otros menos, según el dolor que les aqueje, reposan la comida. Solo hay algo extraño: la cama en la que debía estar el Cortés, está vacía.

— Tal vez ha muerto —dice Gabriel Vázquez.

Pero la mirada que se cruzan él y don Alonso indica bien a las claras que ninguno de los dos lo cree.

La desaparición del Cortés pone un punto dramático, lo reconozco, a la historia que estoy contando. Y como prueba, ahí está la cama vacía, que si esto fuera una película ni siquiera harían falta palabras, solo la imagen de la cama, una música de fondo muy intensa y la escena terminaría con un fundido en negro. Como no es una película, habremos de proseguir sin música, qué remedio, allí dónde lo dejamos.

Una vez encontrada la muy nombrada cama vacía, don Alonso y Gabriel Vázquez exigirán una explicación, primero, a los somnolientos enfermeros que aparecen ante sus gritos y que dicen no saber nada, y poco después, a un preocupado Bobadilla que no logra entender el porqué de tanto jaleo.

— El Cortés está en el monasterio de Santa María —intenta explicar pues, ante tantas voces, no puede evitar sentirse como si le acusaran de algún crimen—. Fray Antonio, el capellán, y otro fraile de su congregación se lo llevaron poco antes del mediodía.

— ¿Se lo llevaron? ¿Por qué?

— Porque allí los frailes tienen una buena enfermería donde pueden atenderle. Fray Antonio me dijo que el Cortés trabajó para ellos durante algún tiempo y le tienen estima. Como así nos quedaba su cama libre para otros enfermos, no vi razón para oponerme.

— ¿Es que acaso no sabíais el mucho interés que teníamos en hablar con él?

— Pero, señor —intenta justificarse Bobadilla—, ya habíais hablado con él un rato antes. ¿Cómo podía yo suponer que ibais a volver? No me dijisteis nada. Además, ¿cuál es el problema? Si necesitáis seguir hablando con el Cortés no tenéis más que ir al monasterio.

Quisiera don Alonso responder airado a estas explicaciones y no encuentra ningún motivo para hacerlo. Lo que dice el mayordomo es tan razonable que el de Oviedo no tiene más remedio que tragarse el enfado.

— Disculpadme, Bobadilla —dice a regañadientes—. Todo esto me ha trastornado.

Bobadilla acepta las disculpas frunciendo el ceño y sintiéndose, ahora que ya está seguro de que nadie va a culparle de nada, ofendido. No le sirve de mucho, la verdad, porque ni don Alonso ni Gabriel Vázquez están de humor para andar templando gaitas y, de hecho, los dos se marchan sin siquiera un saludo. Don Alonso va andando a largas zancadas a pesar de que se queda sin aliento. Se siente frustrado por no haber previsto lo que iba a pasar, por haberse mareado, por haber dejado pasar la ocasión de sonsacar al Cortés y, sobre todo, porque ya no tiene ninguna duda de que los monjes están implicados en el misterio y se teme que no se lo van a poner fácil.

A su lado camina Gabriel Vázquez. También él está enfadado: ha dejado en casa una deliciosa comida a medias y la promesa de una siesta bien ganada y, por si fuera poco, nunca ha visto demasiado claro el dichoso asunto del Cortés.

— ¿A dónde vais ahora? —le pregunta a don Alonso con bastante brusquedad.

— Al monasterio —y ante la cara de fastidio del alcalde, añade con ironía—. No hace falta que me acompañéis si no os resulta cómodo.

— Os juro que no entiendo qué pretendéis conseguir con todo esto.

— ¿Es que no es evidente? El Cortés fue testigo directo de cómo robaban el ataúd de doña Teresa.

— Vamos, por Dios, don Alonso, ¿cómo podéis dar crédito a los desvaríos de un pobre tonto que, además, ardía de fiebre? ¿Es que os vais a poner ahora a creer en espíritus ladrones y todas esas zarandajas?

Se para don Alonso y se enfrenta con el alcalde. Respira con dificultad, tanto por efecto de la rápida caminata como por la agitación que siente, y en sus ojos hay un destello de determinación. Aún así, entre jadeos, intenta explicarse.

— Mirad, estoy seguro de que el Cortés lo vio todo, aunque no entendió lo que veía. Era de noche, estaba asustado y medio dormido y como en su cabeza nada de lo que veía tenía sentido, se dio a sí mismo la explicación de los espíritus y los fantasmas. Pero debajo de los adornos que ha ido tejiendo su imaginación hay una realidad. Y si tenía alguna duda de esto, ahora estoy convencido, lo mismo que estoy convencido de que los monjes están implicados de algún modo. Por eso quieren evitar que hablemos con el Cortés y por eso se lo han llevado.

Gabriel Vázquez hace un gesto de disgusto.

— Así que, definitivamente, la habéis tomado con los frailes.

— Definitivamente —asiente don Alonso. Su respiración se ha ido tranquilizando, lo mismo que su enfado y empieza a sentirse mejor. De pronto, sonríe—. Si estoy equivocado, los monjes no van a poner reparo alguno en que hablemos con el Cortés, pero ¿os apostáis algo a que no nos dejan verle?

— Lo que vos queráis —acepta Gabriel Vázquez reanudando el camino.

Resulta evidente que el alcalde empieza a estar bastante harto, no del asunto de doña Teresa, que de ese asunto ya estaba harto hace tiempo, sino de don Alonso. Y es que, por ruin que suene, a Gabriel Vázquez le fastidia la posibilidad de que don Alonso tenga razón. Él tuvo durante meses al Cortés delante y nunca se le ocurrió preguntarle nada ni tomarse en serio sus desvaríos, como no se le ocurrió tampoco pensar en una implicación de los frailes. Diremos en defensa del alcalde que a pesar de estos sentimientos, muy humanos por otro lado, sigue queriendo ayudar a su amigo y la prueba está en lo que va a contarle mientras caminan bajo el sol despiadado del mediodía.

— En realidad no es la primera vez que el monasterio se ve envuelto en problemas.

Y Gabriel Vázquez, ante el asombro de don Alonso, desgrana toda la historia.

— ¿Recordáis al cardenal Cisneros, el que fue regente antes de la llegada del rey Carlos? Pues su hermano, fray Bernardino, intentó asesinarle. No lo logró y en castigo le mandaron preso aquí, al monasterio de Santa María.

Cisneros fue muy conocido de la familia Cárdenas, hasta el punto de que dicen las crónicas que fue don Gutierre quien convenció al franciscano para que accediera a ser nombrado arzobispo de Toledo. Desde ese momento, las vidas de Cisneros y de Gutierre de Cárdenas se cruzaron varias veces, aunque siempre en momentos de gran tristeza. Así, por ejemplo, fue Cisneros el que consoló a los Cárdenas cuando murió su hijo Alonso de una caída del caballo durante los torneos que se celebraron en las bodas del príncipe Juan y la princesa Margarita de Austria. Y fue también Cisneros el que recogió las últimas oraciones de don Gutierre, ya que el destino llevó al de Cárdenas a morir en Alcalá de Henares, la ciudad donde el franciscano estaba creando su naciente universidad y trabajando en la que luego sería su famosa Biblia políglota.

Y mientras la influencia de Cisneros, con proyectos como estos, crecía por todas partes, su hermano Bernardino, también fraile franciscano, jamás consiguió alcanzar, ni dentro ni fuera de la

Orden, ningún cargo importante. Lo malo es que Bernardino no se resignaba a ser una figura secundaria. La envidia y los celos le llevaron a pensar que era su propio hermano el que le cerraba todos los caminos en vez de alzarle, como era su obligación, hasta esos altos puestos que sin duda merecía. Tan profundo llegó a ser el resentimiento, tan grande su obsesión, que se metió en conspiraciones contra su hermano, escribió libelos y mentiras contra él y, por último, en un arrebato de ira, o como dicen algunos, de locura, intentó asesinarle.

El cardenal Cisneros no tomó represalias contra Bernardino, o no muchas, al menos, pues se limitó a condenarle al encierro de un convento.

— Así que fray Bernardino permaneció preso aquí, en el monasterio de Santa María, hasta su muerte y aquí fue enterrado —concluye Gabriel Vázquez—. Y eso a pesar de que doña Teresa intercedió por él en numerosas ocasiones.

— ¿Doña Teresa intercedió por Bernardino? —pregunta interesado don Alonso—. ¿Por qué?

— No lo sé. Me imagino que por pura bondad. No soportaba saber que alguien estaba sufriendo y no hacer nada para remediarlo.

— Sí, ya, pero en este caso... Estamos hablando de un intento de asesinato.

— Doña Teresa era una mujer de carácter, con ideas propias acerca de todo lo que le rodeaba.

No parece muy convencido don Alonso y no debiera extrañarnos. Es muy fácil olvidar la personalidad de doña Teresa y verla solo como una mujer piadosa encerrada en su pequeño mundo. Pero doña Teresa, como hemos dicho varias veces, tenía su propio criterio y para demostrarlo, si es que no ha bastado ya lo que ha contado Gabriel Vázquez, permítaseme por mi parte contar otra historia que, por cierto, tiene que ver también con otro gran hombre de la época, nada menos que Ignacio de Loyola, el mismo que con el tiempo fundaría la Compañía de Jesús y acabaría siendo santificado.

San Ignacio no era franciscano, aunque en los años a los que voy a referirme se dedicaba a imitar a san Francisco, vestía con sayal, iba con los pies descalzos y predicaba la pobreza y la oración. Todo esto lo conocía doña Teresa y lo admiraba, así que cuando se enteró de que san Ignacio había sido apresado por la Santa Inquisición, que no veía con buenos ojos su ascetismo y le acusó de «alumbrado», decidió ayudarle. Esto, que se dice pronto, suponía, en el año 1526, enfrentarse con el poder religioso e incluso político más fuerte del momento, lo que no pareció importarle mucho a doña Teresa que, ni corta ni perezosa, le ofreció a Ignacio de Loyola sacarle, en cuanto quisiera, de su prisión. Si no llegó a hacerlo fue porque el de Loyola, con tanto orgullo como fe, esperaba que de la cárcel lo librara Dios y no doña Teresa. El resultado es que San Ignacio salió de la prisión sin la ayuda que se le ofrecía, si bien la historia ilustra hasta qué punto Doña Teresa actuaba según su conciencia, sin importarle demasiado a quien tuviera que enfrentarse.

Pero, en fin, volvamos al camino del monasterio que recorren Gabriel Vázquez y don Alonso olvidados ya sus enfados, o por lo menos atemperados, que alguna puya que otra no pueden dejar de lanzarse.

— Así que —va diciendo don Alonso pensativo— aquí está enterrado el hombre que intentó asesinar al cardenal Cisneros...

Gabriel Vázquez sonríe con sorna.

— Eso es. Creí que os gustaría saberlo, ya que habéis decidido mirar el monasterio como si fuera una guarida de malhechores.

El monasterio, indiferente a estos comentarios, se alza en mitad de la llanura, ante ellos. Piensa don Alonso que sus paredes guardan muchos secretos, y el que diga lo contrario, que la piedra es solo piedra, es que nunca ha paseado entre los muros de un monasterio. Su silencio es el silencio profundo del que ha decidido voluntariamente guardarlo. Se oyen, en cambio, muchos otros ruidos: los susurros del viento, el roce de las bastas sandalias sobre el suelo y el eco de cánticos antiguos. Y como en un juego, luces y sombras que por sí solas hablan con más vehemencia que cualquier otra voz, incluidas las humanas.

El portero del monasterio escucha las explicaciones de don Alonso y Gabriel Vázquez que exigen, de inmediato, entrar en la enfermería y hablar con el Cortés. El portero se defiende: no son horas estas de hacer visitas, él no sabe nada del Cortés ni de nadie, tendrán que pedir permiso al prior... y, silencioso y ceñudo por la insistencia, acaba acompañándolos a través de las dependencias vacías en busca de un prior que, según explica con bastante impertinencia, está ocupado en tareas más importantes.

No se cruzan con nadie. El silencio de la tarde habla de soledad y de recogimiento: la iglesia vacía, el claustro solitario, la sala capitular inmensa, con sus bancos abrillantados por el roce de los hábitos, y la mesa de taracea, madera imbricada en mil colores como imbricadas están las vidas de los monjes, unas con otras y todas con Dios, hasta la eternidad. Un poco más allá, afuera, el cementerio de los monjes, pequeño y cuidado, se mustia bajo un sol que no le corresponde. Los cementerios debieran estar siempre a la sombra de algún árbol amable y vigilante. Detrás se adivinan las cuadras y otras dependencias para animales, tal vez gallinas y cerdos, y al lado, el huerto, con sus largas filas verdes que crecen organizadas por la mano de los monjes.

Entran en un edificio grande, laberinto de pasillos que llevan al refectorio, las cocinas, las celdas de los monjes, el despacho del prior, la biblioteca, la hospedería para los peregrinos, la enfermería, la botica y, además, unos regios aposentos que mandaron construir don Gutierre y doña Teresa para residencia de ilustres visitantes. El mismo cardenal Cisneros estuvo allí alguna vez y tuvo sitio de sobra para él y para pajes y criados. En mitad de un pasillo, ante una puerta cerrada, el portero se detiene.

— Esperad aquí —ordena. Y se aleja, silencioso, con las manos metidas en las mangas, haciéndole recordar a don Alonso al pobre Cortés que casi se rompe la crisma por imitar el gesto.

No tienen que esperar mucho don Alonso y Gabriel Vázquez, pues a los pocos minutos vuelve el portero acompañado del prior, aquel Bernardo de Montesinos, delgado y lampiño como un pez y, piensa don Alonso, igual de escurridizo. Saluda secamente, abre la puerta ante la que han estado esperando y los hace pasar a su despacho. Es una estancia amplia y bien amueblada, con las paredes recubiertas de anaqueles en los que se ordenan documentos y legajos. En el centro, una mesa llena de papeles, un sillón que ocupa el prior y dos sillas recias para los visitantes.

— Bien, hermanos, ¿cuál es el negocio que os trae aquí, tan urgente como para no respetar ni reglas ni horarios?

Don Alonso y Gabriel Vázquez se miran un instante y, como si eso hubiera bastado para ponerlos de acuerdo, es el alcalde el que toma la palabra, revistiéndose para ello de su autoridad oficial.

— Esta mañana, el capellán del hospital de la Santísima Trinidad, fray Antonio, se ha llevado de allí a uno de los enfermos y tengo entendido que lo ha traído a vuestra enfermería.

— Así es —asiente con suavidad fray Bernardo.

— Queremos hablar con él.

— Me temo que eso, hermano, no va a ser posible.

Vuelven a cruzar sus miradas el de Oviedo y el alcalde y vuelven a entenderse en silencio.

— Fray Bernardo —dice don Alonso—, no me gustaría tener que recordaros que vengo aquí respaldado por la autoridad del conde de Miranda y de otras personas importantes. ¿Queréis que les haga saber que os habéis negado a ayudarme?

— Hermano, yo no me niego a nada. Solo he dicho que no es posible que habléis con el Cortés. Y no es posible, no porque yo no quiera, sino porque no lo quiere Nuestro Señor.

— ¿Qué decís?

— El Cortés murió al poco de llegar a esta casa. Y por si eso os consuela os diré que lo hizo después de haber reconciliado su alma y haberla puesto en manos del Salvador. El mismo fray Antonio le administró los últimos sacramentos.

Es evidente que con esto podríamos poner punto y final a la conversación. En sentido estricto, esta continúa aún durante unos minutos sin que haya nada nuevo en lo que se dice a partir de este momento: don Alonso, indignado y sin muchos miramientos, acusa al prior de haber acelerado la muerte del Cortés al moverlo de un lado a otro sin consideración alguna con su enfermedad. Gabriel Vázquez, exigente, quiere saber el motivo del extraño comportamiento de los monjes, acordándose de pronto del Cortés después de no haber mostrado ningún interés por él durante años. Y el prior, sin alterarse, contesta, una a una, a acusaciones y a preguntas ateniéndose a la explicación, podríamos decir que oficial, según la cual, la congregación franciscana, que le guardaba gran cariño al Cortés, pensó que era mejor trasladarlo a su enfermería donde, entre todos, podrían cuidarlo. Como vemos, no merece la pena entrar en pormenores porque de todo ello no va a salir nada que no sepamos ya.

Sí podríamos contar, en cambio, cómo don Alonso observa lo que tiene a su alrededor, sin dejar ni un momento de participar en la discusión. No le pasa al de Oviedo desapercibido ningún detalle. Es más, le llaman la atención el gran número de legajos que fray Bernardo amontona en los anaqueles que se alzan al lado de la mesa, todos ellos bien ordenados y clasificados, así como las hermosas carpetas de piel atadas con balduque y llenas a rebosar de papeles. Fuerza la vista intentando leer los rótulos que encabezan carpetas y legajos. Desde donde se encuentra no llega a distinguir las letras, a pesar de lo cual juraría que en cada una de ellas hay un nombre propio e incluso que uno de esos nombres es el de doña Teresa.

Dejándose llevar de la curiosidad, cuando todos se levantan dando por terminada la entrevista, don Alonso se las apaña para acercarse un poco más a los estantes y comprobar que, en efecto, varias de aquellas carpetas están encabezadas con los nombres de Teresa Enríquez y Gutierre de Cárdenas. En realidad, esto no tiene nada de extraño. Es de suponer que el prior guarda todas las cartas fundacionales del monasterio, las donaciones de la Señora y de don Gutierre, así como otros escritos que, a través de los años, han debido de ir surgiendo como consecuencia de la relación de los Cárdenas con el convento. Aun así, no exagero nada si digo que don Alonso daría lo que fuese por poder echar un vistazo a los documentos. Y bien que le comprendo, que yo mismo daría todo un mundo por poder hacerme con alguna de aquellas carpetas, hoy por hoy, en su mayor parte desaparecidas. La culpa, como siempre, dicen que la tienen las guerras, y en este caso en concreto es verdad que fue una guerra, la de Independencia, que en diciembre de 1808 destruyó casi por completo el monasterio. Lo poco que quedó se conservó solo unos años más: en 1836 la famosa desamortización de Mendizábal dio la puntilla a la historia del convento franciscano de Torrijos, llevándose por delante todo lo que este contenía.

Volviendo a nuestros asuntos hay que decir que don Alonso y Gabriel Vázquez, antes de despedirse de fray Bernardo, se sienten en la obligación de hacer una petición más: ver por última vez al desdichado Cortés, muerto tan inoportunamente, aunque la inoportunidad, según las sospechas de don Alonso, no haya sido tal para el prior, sino todo lo contrario. Así es la vida, el mal de unos beneficia a otros y eso no hay quien lo cambie.

Accede fray Bernardo a la petición que le han hecho y conduce a Gabriel Vázquez y a don Alonso hasta la enfermería del convento. Allí, amortajado con un lienzo blanco, flanqueado por dos lamparillas y velado por un monje, descansa ya para siempre el Cortés.

Se santigua don Alonso sin apartar los ojos de aquel rostro desfigurado por cicatrices antiguas. Siente en su interior el de Oviedo una enorme tristeza, pues si hasta aquel momento el Cortés solo había sido para él una pista, la posibilidad fácil de encontrar la solución a su misterio, ahora cae en la cuenta de que el Cortés fue, además y sobre todo, un ser humano, dolorido y asustado ante la muerte. Pero ya no tiene remedio. El Cortés descansa para siempre, los ojos cerrados, la mandíbula atada para que no se le abra la boca y, detrás de esa boca y de esos ojos, toda una historia, con sus alegrías y sus tristezas y sus pequeñas miserias, la misma historia que podríamos contar todos si antes, como al Cortés, no nos alcanza la muerte.

No puede ya, don Alonso, quitarse esta idea de la mente en todo el día. Su amigo Gabriel Vázquez está hecho de otra pasta, lo que son las cosas, porque puestos a estar tristes, más triste debía estar el alcalde, que conoció durante años al Cortés, que habló con él mil veces, en realidad sin escucharle y que, a pesar de ello, no muestra más que una ligera compasión de circunstancias que no llega ni a quitarle el apetito, como demuestra el hecho de que nada más llegar a casa le dice a Isabel que vuelva a poner sobre la mesa todo lo que no pudo comerse al mediodía, cuando don Alonso le hizo salir con tanta premura.

No quiere decir lo anterior, ni mucho menos, que Gabriel Vázquez sea un hombre insensible, al contrario, lo que pasa es que cada uno reacciona según su carácter. Gabriel Vázquez, ante la muerte, necesita aferrarse a la tierra, a lo cotidiano: la comida, su casa, su hija, su trabajo de alcalde al que va a dedicar el resto del día, la conversación con sus vecinos, «¿sabéis?, ha muerto el pobre Cortés, le vamos a echar de menos, ¿quién nos importunará ahora con sus voces y sus historias?».

Don Alonso, por el contrario, necesita abstraerse y volverse hacia dentro. Así que, declinando la invitación del alcalde para que olvide la muerte por un rato y se alimente, se encierra en su habitación, se tiende en la cama y cierra los ojos. Lo curioso es que, al final, la naturaleza es la misma para todos y don Alonso, tendido en la cama, tiene el oído puesto, sin darse cuenta, en los ruidos de la casa. Ni siquiera él mismo es demasiado consciente de que lo que espera es una llamada suave a su puerta, el olor del eucalipto y la menta, y los comentarios inocentes de Isabel.

—Perdonad si os importuno —dirá la niña con voz armoniosa—. Pensé que esto os sentaría bien.

Y don Alonso, impaciente y algo molesto, se dejará llevar hasta la mesa que hay debajo de la ventana y aspirará esos vapores que le devuelven el aire que siempre le falta y hasta mordisqueará con desgana algún pastellillo de los que sin duda acompañarán a la infusión. Isabel, de pie a su lado, sonreirá al verlo y escuchará con paciencia los comentarios que don Alonso quiera hacerle.

Va pasando la tarde y la llamada en la puerta no se produce. Suspira don Alonso, tumbado en la cama, y en su suspiro hay algo de desencanto. En fin, no es que el de Oviedo se haya enamorado de pronto de Isabel, claro que no, pero la verdad es que se ha acostumbrado a las pequeñas atenciones de la niña, a sentirse el centro de su mundo y a aceptarlo todo con una actitud entre galante e impaciente. Y ahora que Isabel no aparece, don Alonso se siente un poco olvidado. Así de contradictorios somos a veces.

Se despierta don Alonso, al día siguiente, más cansado aún de lo que se acostó. Los culpables han sido los sueños que le han tenido toda la noche en danza, con un Cortés que no dejaba de correr mientras él le perseguía trabajosamente, como si él estuviese en condiciones de correr, que hasta en sueños sus pulmones le traicionan y le asfixian, y como si aun corriendo pudiese alcanzar el lugar al que el Cortés se ha marchado.

Por huir de los sueños prefiere don Alonso terminar la noche sentado ante la ventana, viendo como el amanecer va iluminando la tierra. Ante sus ojos el mundo deja de ser negro, se tiñe primero de gris y melancolía y, más tarde, poco a poco, de color y esperanza. Aun así, todo hay que decirlo, las posibilidades que don Alonso contempla para encontrar la solución a su misterio son pocas y descabelladas porque las noches de sueños y los amaneceres en solitario suelen poner ideas locas hasta en las cabezas más claras. Y locas han sido, todas ellas, las ideas de don Alonso.

Pensó primero, en las horas de más oscuridad, que sería buena idea volver al monasterio y obligar al prior, con la fuerza de su carácter y la autoridad de su posición, a confesar todo lo que esconde. Más tarde, se imaginó a sí mismo escalando las tapias del convento, recorriendo pasillos desiertos, oculto entre las sombras, y rebuscando con sigilo en el despacho de fray Bernardo hasta dar con las carpetas que vio la tarde anterior y que sin duda contienen documentos importantes.

Ambas posibilidades las desechó con las primeras luces del alba, que la aurora suele traer consigo, además de la luz, la cordura, y don Alonso sabe que ni él tiene carácter para andar escalando tapias, ni es fácil que el prior se deje intimidar por la escasa autoridad que puede esgrimir en nombre del conde de Miranda.

Finalmente, y ya bajo la luz brillante de un sol que despunta tras las copas chatas de los olivos, don Alonso reconoce ante sí mismo que, aunque la solución a su misterio esté, como cree, entre las paredes del monasterio, no tiene ninguna posibilidad real de llegar a alcanzarla.

Y no se equivoca al pensar así. Es bien sabido que las instancias eclesiásticas siempre han protegido sus secretos, lo hacen ahora y lo hacían, desde luego, en el siglo XVI en que contaban además con atribuciones ilimitadas para ello. Si pusiéramos en una balanza el poder de la Iglesia en un lado y en el otro todo aquello con lo que cuenta don Alonso, la autoridad municipal representada por Gabriel Vázquez, el dominio de la nobleza que representa el conde de Miranda, e incluso la soberanía real, dados los parentescos de doña Teresa, aun así y con todo ello, la balanza se inclinaría en favor de la Iglesia. Las órdenes de registro del poder civil, si es que existían en la época de la que estamos hablando, los mandatos judiciales e incluso las órdenes reales, de nada valían contra el entramado confuso de los fueros y derechos eclesiásticos.

La Iglesia, de proponérselo, podía eternizar cualquier asunto dejándolo vagar de una instancia a otra, parándolo ante cada nueva jerarquía, ministros generales de la orden, obispos, arzobispos y cardenales, e incluso el mismo Papa, que cada uno de ellos contaba con la autoridad necesaria para liquidar definitivamente la cuestión, no en vano podían condenar a las penas del infierno a cualquiera curioso que se desmandara.

En resumen, que podríamos decir aquello de «con la iglesia hemos topado», si no me diera algo de reparo poner en boca de mí humilde don Alonso una frase que hará famosa personaje mucho más ilustre, si bien él lo dirá por haber chocado, cuando iba de noche y sin luz, contra el muro del edificio en cuestión.

El caso es que don Alonso, desmoralizado por la idea de que por las buenas, es decir, de forma legal, es impensable conseguir lo que quiere y por las malas, al margen de proyectos descabellados alentados por una noche en vela, tampoco, piensa en iniciar la mañana con uno de sus paseos. Vano intento también, pues resulta que es miércoles, día de mercado franco en Torrijos desde tiempo inmemorial y, por tanto, mal día para andar en solitario.

El pueblo, desde primeras horas, rebosa de gentes venidas de todas partes: Gerindote, Caudilla, Val de Santo Domingo, Noves, Alcabón, Santa Cruz de Retamar, Rielves, Barcience, Burujón, Albarreal, Villamiel, Carmena, Escalonilla... La lista sería interminable, ya que en la comarca entera es famoso el mercado de Torrijos que puede proveer casi de todo, que ofrece cualquier producto imaginable y que hasta para el que ni compra ni vende resulta interesante porque arrastra consigo comediantes, músicos, titiriteros, contadores de cuentos y de noticias, haciendo del mercado un mundo aparte que se ondula y crece y decrece a su propio ritmo ruidoso y alegre.

A pesar de que don Alonso no tiene nada que comprar en el mercado ni, desde luego, nada que vender, se pasea de un lado a otro tan inquieto como sus propios pensamientos. Llegará así a ver una escena que se quedará grabada en su mente y que, poco después, le dará el valor necesario para actuar de determinada manera y encontrar la solución a su misterio.

Ocurre así. Va don Alonso de un puesto a otro, empujado, más que por su voluntad por la de la gente que se aprieta a su lado. Deja atrás la parte del mercado más popular, la del ganado, que con su olor fuerte, sus excrementos y sus moscas, le resulta, a él que es de ciudad, muy desagradable, y llega, sin proponérselo, a otros puestos, los de comida, en los que se apelotonan las mujeres entre voces y risas. Hay de todo: carnes de todas las texturas y colores, sobre todo de caza, conejos, faisanes, perdices y hasta venado, que de cerdo, vaca y pollo, el que más o el que menos ya se provee en su propia casa. Hay también frutas frescas y esplendorosas, verduras recién cortadas, legumbres como no se vieron otras y, un poco más allá, otras viandas más golosas, quesadillas, roscones y frutas de sartén, requesones, conservas y manjar blanco, lectuarios, pasteles y bizcochos, bocaditos de mermelada y figurillas de azúcar, todo ello sobre las frágiles maderas llamadas de puntapié, que no en vano puede mandarse todo al suelo sin hacer demasiado esfuerzo.

También allí las moscas son casi las principales protagonistas y, junto con las moscas, los niños, que rondan entre los dulces igual de ansiosos.

De pronto, uno de los chiquillos tropieza al lado de don Alonso, cae estrepitosamente, grita, llora y se lamenta. Las mujeres olvidan por un momento los manjares que están comprando y se arraciman sobre el muchacho, lo alzan del suelo, buscan heridas y restañan lágrimas y, mientras tanto, aprovechando el barullo, otro golfillo alarga con rapidez la mano y coge al vuelo dos pasteles.

— ¡Eh! —grita el tendero que lo ha visto.

Se vuelven las mujeres e intentan cazar al niño. Una de ellas logra agarrarlo por el cuello de la camisa, pero el muchacho se retuerce, se escurre como una anguila, hace un quiebro, pasa entre las piernas de dos parroquianos que también intentan detenerlo y se aleja riendo. También el que lloraba ha desaparecido, recuperado de pronto de dolores y lágrimas. Un poco más allá se reunirán los dos, el del llanto y el del robo, y sentados sobre una tapia disfrutarán de los pastelillos hurtados con tanta habilidad, ante la mirada de envidia de compañeros más apocados y con bastante menos ingenio.

Don Alonso, que ha sido testigo de todo, sonríe divertido: ha reconocido a uno de los pilluelos, al que ha escamoteado los pasteles mientras su compañero fingía caerse, y su nombre le viene a la mente en un segundo: Hernán, el chiquillo de la escoba que en la sacristía de la Colegiata le dio una versión amable de doña Teresa al día siguiente de su llegada y que, poco después, le ayudó a encontrar el camino a casa. Ese mismo día ya vio en los ojos del muchacho un destello travieso y rebelde que le llamó la atención y que casaba poco con su condición de monaguillo, de niño del coro y ayudante del sacristán.

Ahora, mientras sigue paseando por el mercado, piensa don Alonso en la astucia de Hernán, cuyo plan ha permitido, una vez más, el triunfo del David ágil y astuto representado por los niños, sobre el Goliat pesado de las reglas del mercado. Y no pensemos que la comparación es demasiado rebuscada que al fin y al cabo don Alonso se ha pasado toda una noche sintiéndose así, David contra Goliat, él contra el monasterio, el poder civil contra el religioso, con la diferencia de que don Alonso no encuentra la manera de poder hacerse con lo que busca, su propio trofeo, tan dulce como los pasteles para los muchachos.

Quizá alentado por esta idea, don Alonso cambia de rumbo. Ha seguido con la vista la huida de los muchachos y los ha visto escurrirse por una estrecha calle lateral, entre dos carros. Apresurado, esquivando a la gente, va tras sus pasos. Pronto, en cuanto abandona la calle principal llena a rebosar de puestos y viandantes, se ve perdido en el laberinto de callejas del Torrijos que menos conoce. Vaga, descorazonado, de aquí para allá, esperando, contra toda esperanza, dar con los niños. O al menos, que los niños den con él, como ya hizo una vez Hernán el día aquel que se perdió. No tiene tanta suerte en esta ocasión y, después de un rato de caminar sin rumbo, se encuentra a sí mismo, malhumorado, sudoroso y cansado, deseando hallarse en casa.

¿Qué idea estúpida le ha hecho ir en busca del esquivo Hernán? ¿Para qué quiere encontrar al pilluelo de la escoba? No pretende regañarlo por su comportamiento ya que, en el fondo de su alma, considera que con su ingenio se ha ganado el derecho a comerse los pasteles robados. Esta idea se fija un momento en sus pensamientos y don Alonso la repasa, la considera despacio al son de su andar desganado: ¿Se ha ganado el derecho…? ¿Es que puede uno ganarse el derecho a cometer acciones ilegales? ¿No lleva esto a la idea, todavía no formulada en este tiempo, de que el fin justifica los medios?

Cuando el de Oviedo llega a la casa de Gabriel Vázquez, cansado y sudoroso como es habitual en él, parece haber decidido en su interior una línea de acción. O al menos esa impresión da por el brillo de sus ojos.

— Isabel, ¿recordáis al chico que el otro día me acompañó hasta casa? —le pregunta a la muchacha que, como siempre, ha salido presurosa a recibirle.

— ¿Hernán? Sí, es uno de los clerizones de la iglesia.

— Necesito hablar con él. ¿Cómo podría encontrarle?

— Estará en el colegio, supongo… Puedo mandar a alguno de los criados a por él, si así lo deseáis.

Asiente don Alonso aunque duda de que encuentren en el colegio al muchacho, pues él bien sabe que anda trasteando por el mercado. Isabel, por su parte, encantada de poder ser útil, corre presurosa a dar la orden pertinente a los sirvientes, asegurándose de que si no encuentran al muchacho lo busquen donde sea y vayan dejando recado de que en la casa del alcalde se le requiere con urgencia.

— ¿Qué ocurre, Isabel? —pregunta Gabriel Vázquez al escuchar las órdenes dadas por su hija.

— Nada, padre. Es don Alonso. Quiere hablar con el pequeño Hernán, el clerizón que le acompañó el otro día a casa.

— ¿Para qué necesita al muchacho?

— Eso no lo sé, padre.

Gabriel Vázquez, algo desconfiado, murmura entre dientes:

— Qué idea se le habrá metido ahora en la cabeza…

Y es que Gabriel Vázquez, en los pocos días que lleva su amigo en Torrijos, ya ha tenido oportunidad de darse cuenta de que tiene unas reacciones que a él le resultan bastante inesperadas, así que no nos extrañemos del comentario.

Tal vez por eso, dejando a su hija, se apresura a buscar a su invitado que, sentado en el comedor, pensativo, contempla sin probarlas las delicias del enorme desayuno que, como otras veces, ha puesto ante sí la regordeta criada de costumbre. Lo que le ha dejado tan meditabundo es que la criada, en esta ocasión, le ha servido con bastante brusquedad e incluso se ha permitido opinar sobre el asunto que el de Oviedo se trae entre manos:

— ¡Andar por ahí buscando a la Señora como si la Señora fuera una moneda de vellón que se ha perdido!— le ha soltado la mujer a bocajarro—. ¡Ponerla en boca de todos!

— En boca de todos ya estaba antes de que yo llegara —se ha defendido don Alonso.

— ¡No así! Antes se decía que Dios la había llamado a su lado, que es lo que la Señora merecía, y nada más.

— ¿Y ya no se dice eso?

— ¡Se dice que hay gentes que quieren sacarla del cielo! —acusa la mujer. Luego, furiosa, ha acabado de colocar platos, jarras y alimentos, y se ha marchado.

Esta pequeña conversación es lo que ha dejado a don Alonso tan pensativo ante un desayuno que no acaba de decidirse a probar. Siente incluso deseos de volver a llamar a la criada para indagar sobre lo que le ha soltado con tanto malhumor. ¿Es cierto que ya se habla por todo el pueblo de la misión que tiene encomendada? ¿Realmente piensan las gentes de Torrijos que lo que él pretende es sacar a doña Teresa de un cielo que, por lo que va viendo, la Señora se ha ganado con toda justicia? ¿O es solo cosa de la criada? La mujer, que se llama Juana, por mucho que el de Oviedo sea incapaz de recordar su nombre, puede estar enterada de muchos detalles, no en vano en la casa todos hablan sin demasiados tapujos delante de mozos y sirvientes, pero eso no quiere decir, reflexiona don Alonso, que lo que sabe Juana lo sepa también el resto del pueblo. ¿O sí? ¿Tan veloces corren las noticias?

Sí, tan veloces. No debería extrañarse tanto don Alonso que, con sinceridad, a veces parece demasiado ingenuo para las altas capacidades que se le suponen y ya debiera saber, a estas alturas, que los criados se enteran de todo, no en vano viven en la frontera difusa que existe entre el mundo de los señores y el de sus gentes.

Lo malo es que la opinión de los sirvientes suele pasarse por alto. Eso al menos siente Juana, con el corazón lleno, a partes iguales, de malhumor y de pena. Si quieren saber algo de doña Teresa por qué no le preguntan a los pobres y a los enfermos y a los huérfanos y a las doncellas sin dote y los presos por los musulmanes y a los desheredados de la tierra. ¿Por qué no le preguntan a ella?

Piensa Juana que don Alonso es un hombre ocioso, un forastero lejano e indiferente que ha venido a complicar las cosas con su palabrería. ¿Cómo puede dudar de la bondad de la Señora? ¿Cómo se atreve a negarle el derecho a ocupar un puesto en el cielo? Y encima proclama el caballero que solo busca la verdad. ¿Quiere saber la verdad el señor? Pues ella podría decirle verdades como puños a pesar de lo que duele. Porque duele el recuerdo, ¿qué se cree? Duele la mordida del hambre que se adueña, como si no hubieran pasado los años, del estómago, duele el frío helado que se mete otra vez en los huesos y duele, sobre todo, la falta de esperanza.

¿Ha sentido alguna vez don Alonso algo de todo eso? Ella sí y lo tiene grabado en el alma desde 1520. Recuerda el año porque fue el segundo invierno de hambre de su mundo desolado, cuando ya ni choza para refugiarse tenían y vagaban, ella, sus padres vencidos y harapientos y sus hermanos famélicos, por una tierra hostil e interminable. Morían a cada paso un poco.

¿Hace falta decir que fue la Señora la que los salvó? La Limosnera, la llamaban, pero siempre fue mucho más que eso. Porque ella, además de limosna, daba dignidad. Porque no se conformaba, porque sabía que el pan de hoy era el hambre de mañana y porque sentía, como si fuera suya, la desesperanza de quienes llamaban a su puerta. ¿Sabe don Alonso que la Señora ordenó que se parcelasen unas dehesas de su propiedad poniéndolas a disposición de todo el que estuviese dispuesto a trabajarlas? ¿Se ha molestado tan educado caballero en enterarse de que, además, ofreció simientes y dinero para comprar bueyes? ¿Imagina siquiera el señor, sentado siempre tan cómodamente en su casa, lo que supone que te den la posibilidad de empezar de nuevo? No, no lo sabe. No tiene ni idea, porque los hombres como don Alonso viven indiferentes en su mundo y no saben nada de la vida ni del hambre, el dolor, la miseria o el desconsuelo.

En fin, esta es la opinión de Juana y esto le gritaría a don Alonso si pudiera: dejad a la Señora en paz, que es patrimonio nuestro, patrimonio de los pobres. Dejadla, y nosotros la cuidaremos en nuestros corazones por toda la eternidad.

Don Alonso, claro, de todo esto no se entera porque, por muy pensativo que se haya quedado ante el enfado de la criada, no llega a hablar con ella. Diremos en su descargo que de buena gana lo hubiera hecho si Juana no se hubiera marchado tan deprisa y tan indignada, y si, además, no hubiera irrumpido Gabriel Vázquez en la estancia, con cara preocupada y ceño fruncido.

— Me ha dicho Isabel que estáis buscando a uno de los clerizones de la iglesia.

— Así es. Necesito que me haga un pequeño favor.

Gabriel Vázquez se sienta a la mesa y aunque no tiene hambre, picotea de un plato y otro, distraído.

— ¿Os ocurre algo? —pregunta don Alonso viendo la inquietud de su amigo.

Gabriel Vázquez aparta los ojos, se remueve inquieto y suspira con desaliento. En su interior, mil sentimientos contradictorios.

— Os confieso que este asunto me está matando.

Espera don Alonso sabiendo que Gabriel Vázquez, no demasiado dado a introspecciones silenciosas, terminara explicándose. Y en efecto, el alcalde, tras juguetear un momento con el vaso que tiene en la mano, acaba por soltarlo sobre la mesa mientras se pone en pie.

— No sé si entendéis, don Alonso, la situación en que me hallo. Vuestra investigación está en boca de todo el pueblo por mucho que vos digáis que es una cuestión privada. Y yo tengo, por mi cargo, ciertas obligaciones. ¿Debería poner en conocimiento del corregidor vuestra presencia antes de que le lleguen noticias por otro lado? ¿Debería dar aviso al duque don Diego? Os juro que no sé qué hacer...

— Pero, Gabriel, lo que yo haga o deje de hacer no incumbe a ninguna instancia oficial. Por supuesto, debéis actuar como consideréis oportuno, aunque os aseguro que mis acciones no tendrán ninguna repercusión para vos.

— Ya... —dice irónico Gabriel Vázquez— ¿Y si tiene éxito vuestra investigación?

— ¿A qué os referís? ¿Qué importa si tengo éxito o no? No es algo en lo que el gobierno municipal tenga nada que ver —y tras un segundo de duda, receloso, pregunta—, ¿o sí?

Gabriel Vázquez, viendo ese destello de suspicacia en los ojos de su amigo, explota enfadado.

— Por Dios, don Alonso, claro que no. Solo me faltaba ahora que os pongáis a desconfiar de mí. No, ni yo ni ningún cargo municipal sabemos nada del asunto de doña Teresa. Ese es el problema, ¿no lo veis? ¿Cómo creéis que quedaremos todos si vos solucionáis el misterio? —Se miran los dos en silencio hasta que Gabriel Vázquez, sincero, avergonzado, vuelve a sentarse— ¡Maldita sea! Me paso el día temiendo que hagáis algo que tendría que haber hecho yo...

El de Oviedo sonríe y a pesar de que no es muy dado a mostrar sus sentimientos hay afecto en su mirada.

— Lo siento... —se disculpa ante el alcalde—. Podéis estar seguro de que no haré nada que pueda perjudicaros. Mi única obligación es con el conde de Miranda, como sabéis. Y lo que descubra, si es que llego a descubrir algo, se lo diré a él, lejos de aquí y en privado. Por lo demás, y a no ser que el Conde disponga lo contrario, el resultado de mis investigaciones os pertenece por entero. ¿Os parece bien?

No llega a saber don Alonso lo que opina el alcalde sobre su propuesta porque irrumpe en la estancia Isabel.

— Don Alonso, mirad a quién os traigo...

Detrás de ella, los ojos grandes, el gesto rebelde y el cuerpo flaco, aparece el pequeño Hernán, el chico de la escoba, como ha quedado bautizado ya para siempre en la mente de don Alonso.

— Bueno, bueno... —dice el de Oviedo—. Mirad quien está aquí, el clerizón preferido de doña Teresa...

Todos se dan cuenta de que don Alonso habla con una cierta ironía. No hacen mucho caso. Gabriel Vázquez, todavía enfurruñado, se disculpa diciendo que tiene asuntos que atender, Isabel murmura algo sobre las tareas pendientes de la casa, y el chico de la escoba y don Alonso se quedan solos en la estancia. Don Alonso, con una media sonrisa en la boca, y el pequeño Hernán, atento, algo vigilante, sin saber si debe fiarse de aquel caballero tan extraño.

— Vamos, pasa. No te quedes ahí.

Obedece Hernán, no porque tenga ganas, es evidente, que por su gusto estaría en cualquier otro lugar, pero como lleva toda una vida obedeciendo sin chistar a todo aquello que le dicen, por muy en contra de sus deseos que la orden vaya, se acerca despacio a don Alonso.

— No estabas tan tímido esta mañana.

— ¿Esta mañana, señor?

— Sí, esta mañana, en el mercado. Te he visto robando unos pasteles.

Hernán levanta la barbilla y sus ojos se endurecen.

— ¿Qué? ¿No dices nada?

— ¿Y qué queréis que diga, señor?

Ríe con suavidad don Alonso y se encoge de hombros. Contempla al chico de la escoba en silencio, calibrándolo. O puede que, nada más, esté decidiendo como plantear lo que tiene en el pensamiento.

— En realidad lo que yo quiero es pedirte un favor —ante el silencio del chico, don Alonso sigue hablando—. Supongo que ya sabes porque estoy aquí, en Torrijos.

— Estáis buscando a la Señora —dice Hernán con voz apenas audible.

— Eso es. Y creo que estoy sobre una pista importante. Lo que ocurre es que yo solo no puedo seguir mi investigación. ¿Querrías ayudarme?

— ¿Yo, señor? —se asombra el chico.

— Sí —asiente don Alonso—. Tu treta para conseguir los pasteles me ha dado la idea. Lo que quiero es que la repitas para mí.

—¿Queréis robar pasteles? —se escandaliza el muchacho.
Sonríe don Alonso ante la idea.
— No exactamente —y luego, algo turbado, añade—. No quiero robar nada. Solo quiero saber...

Parece dudar don Alonso, de pronto, de sus propias decisiones, de sus más íntimos pensamientos. No nos extrañe demasiado. En fin, hasta ahora, todo era lógico y claro: don Alonso interrogaba, los demás le contestaban o le hacían partícipes de sus recuerdos y la historia avanzaba sin demasiadas concesiones, habrá que reconocerlo, a lo fantástico. Y de pronto, don Alonso sospecha de los franciscanos y a partir de aquí todo se complica y con acciones tan novelescas como el rapto de un enfermo de su cama del hospital o el registro de un convento que es, en definitiva, lo que está planeando el de Oviedo.

La idea de que la clave del misterio la tienen los monjes no es, sin embargo, tan descabellada y, desde la distancia de los quinientos años que nos separan de los hechos que estamos narrando, incluso podemos afirmar que es del todo cierta. Aun así, antes de dejar a nuestro protagonista actuar de una forma cuanto menos poco ortodoxa, quizá podríamos pasar por alto este momento de la historia y limitarnos, como han hecho otros, al impersonal «con el tiempo llegó a saberse...» que, la verdad, es como no decir nada, porque uno, si es curioso, no puede dejar de preguntarse ¿y cómo llegó a saberse?, o profundizando un poco más, ¿y por qué no se supo antes, es que a nadie le interesaba?, preguntas estas muy razonables ya que los motivos y las causas, los sentimientos, son siempre lo más interesante. Pero como la Historia, tan parca, se limita a decir: hay esto y hay lo otro, y esto fue así y aquello otro de esa manera, si queremos mantener la lógica no queda más remedio que ir rellenando los huecos como se pueda.

Eso es lo que vamos a intentar, de la mano de don Alonso, si bien es verdad que hasta el chico de la escoba parece encontrar el plan demasiado arriesgado.

El de Oviedo, al verle tan escéptico, siente que sus dudas se disipan y ríe quedamente:

—¿No te atreves? —pregunta al muchacho— ¿Has perdido el espíritu aventurero del que el otro día hacías gala?

Y Hernán, ante el reto, entorna los ojos y alza la barbilla. Desconfía, sí, toda su vida ha dependido de la buena voluntad de unos y otros, como para no desconfiar de un hombre al que apenas conoce y de un plan que, con sinceridad, le parece una locura, pero en su alma triunfa, como ha triunfado hace unos segundos en la de don Alonso, la determinación. Qué curioso, tan distintos los dos y tan parecidos en esto: nunca cederán ante las circunstancias.

Está resultando un día denso para don Alonso. Después de su paseo por el mercado y su accidentado desayuno, con las diversas conversaciones con la criada, el chico de la escoba y Gabriel Vázquez, ahora se dirige, de forma apresurada, al Monasterio de Santa María.

Lleva don Alonso en los ojos, mientras camina, una mirada de determinación. Ha urdido sus planes sobre la marcha, es cierto, pero con cuidado, y aun así podríamos decir que el de Oviedo es consciente de estar actuando, no ya de forma apresurada, sino incluso de forma irresponsable, pues lo que ha planeado es, ya lo hemos dicho, ni más ni menos que el asalto a las oficinas y archivos del convento.

Cuando llega al monasterio, después de tanto ajetreo, son ya las doce de la mañana y, tal vez porque es día de mercado y ha venido mucha gente de fuera, la iglesia está llena a rebosar. Hay, desde luego, fieles normales y corrientes, aunque la mayor parte de los que allí se reúnen son exaltados que buscan no tanto acercarse a Dios, como encontrar una respuesta mágica y sobre todo rápida a sus problemas e inquietudes.

La historia de doña Teresa, con todos los adornos que las mentes ignorantes suelen poner a los misterios, se ha ido extendiendo como se propaga el fuego sobre la paja seca y a rezar al sepulcro donde todos creen que ha ocurrido un milagro llegan ya, no solo los vecinos de Torrijos, sino también los de los pueblos cercanos, gentes que jamás oyeron hablar de doña Teresa mientras estuvo viva y que ahora pregonan a los cuatro vientos que era una santa, con la secreta esperanza de ser los elegidos para que la Señora lo demuestre.

Quizá este sea el motivo de que se reúnan allí, hoy que es día de mercado más que cualquier otro día, gran cantidad de enfermos y lisiados. Hay también pobres y mendigos que se creen con derecho a ser los primeros en la iglesia, pues saben que doña Teresa tenía debilidad por ellos, no en vano les dedicó su vida y su hacienda. Y por supuesto, hay también gentes sanas y no tan pobres, pero con una fe tan ciega en la santidad de doña Teresa como si lo fueran y que no dudan ni por un momento de los beneficios que obtendrán si los piden con el suficiente empeño.

Son, sobre todo, mujeres de condición humilde y hombres de una cierta edad, que se arrodillan y rezan y elevan los ojos al cielo como si esperasen ver de un momento a otro a doña Teresa intercediendo por ellos ante el Padre Celestial.

Por su parte, los monjes, indiferentes, como fantasmas o espíritus lejanos, la capucha sobre la cabeza, las manos ocultas en las mangas del hábito, imponen sus cánticos sobre esos mil ruidos que hace la multitud aun cuando quiere estar callada: murmullos, toses, rezos más o menos susurrados, arrastrar de pies y golpes de pecho y, sobre todo, de vez en cuando, algún lamento más alto que los otros, como para dejarle bien claro a la Señora que el que más se lamenta es el más necesitado.

Don Alonso se asoma a la iglesia y comprueba que aún no ha empezado el Santo Oficio. Tal vez por eso, sale al claustro, hermoso y apacible, y pasea por él perdido en sus pensamientos.

Los momentos de espera siempre resultan duros porque es fácil que las dudas hagan acto de presencia. Y don Alonso, en realidad, ni siquiera está demasiado seguro de nada. Incluso me atrevería a apuntar que si se está agarrando a la idea de que los frailes tienen la clave del misterio, es más por intuición que por un pensamiento razonablemente meditado. En cualquier caso, sentado en un pequeño banco de piedra, en la parte descubierta del claustro, disfruta de un silencio, umbrío y fresco, que le sosiega. Contempla, ante él, la hermosa tracería de los arcos, los pasillos silenciosos, las paredes mudas, las entrecerradas ventanas... Allí, tras los muros, se encuentra, según piensa, el secreto que anda buscando, tan cerca o tan lejos como queramos imaginarlo.

En lo alto, el pasillo superior del claustro se oscurece con la silueta de un monje. Levanta don Alonso la cabeza al sentirse observado y su mirada se cruza con la de un fraile que, desde arriba, en la sombra, lo mira con fijeza. Es el prior, fray Bernardo, estrecho como una columna, silencioso, oscuro, de ojos redondos y asombrados.

Don Alonso le sostiene la mirada. Los dos se contemplan como valorando la fuerza del adversario. El monje, finalmente, baja la cabeza en un reconocimiento silencioso, en un mudo saludo. Después, con las manos metidas en las mangas del hábito, continúa andando por el pasillo y desaparece tras una puerta que don Alonso, desde donde se halla, apenas ve.

Suspira don Alonso y, decidido, se levanta y vuelve a entrar en la iglesia por la puerta lateral. Desde allí observa que la misa está a punto de comenzar. Busca entre la multitud hasta que distingue el cuerpo flaco y el pelo revuelto de Hernán, que espera en una de las naves laterales. El de Oviedo le hace una señal y el chico de la escoba asiente. Luego don Alonso abandona la iglesia y se dirige, con paso rápido, al edificio de los monjes.

El portero, como otras veces, ante el requerimiento del visitante, se resiste, pone mil pegas y acaba por conducirle, de mala gana, hasta el despacho del prior. No tarda en llegar fray Bernardo, delgadísimo, la cara seria y un destello de impaciencia en sus ojos sin pestañas.

— Parece que venir a horas intempestivas se está convirtiendo en una costumbre, hermano —dice con voz seca.

— Debéis perdonadme, fray Bernardo, tengo necesidad de hablaros.

El monje abre la puerta del despacho y, con un ademán, invita a pasar a don Alonso.

— Vos diréis...

La impaciencia de fray Bernardo es evidente. Don Alonso no se da por enterado y, con calma, se adentra en el despacho y toma asiento ante la mesa del prior. Aunque mantiene una actitud tranquila, por dentro no lo está tanto.

— Veréis, fray Bernardo —empieza algo vacilante—, ayer, después de la muerte del Cortés, estuve pensando... —se detiene y fray Bernardo, impaciente, le anima.

— ¿Sí?

— Ya sabéis que antes de que trajerais al Cortés aquí, el alcalde y yo estuvimos hablando con él.

Fray Bernardo asiente con una inclinación de cabeza educada e indiferente que no alcanza a ocultar su actitud vigilante. Don Alonso se da cuenta pero no puede hacer nada al respecto. Solo seguir hablando, seguir contándole al prior la conversación que tuvo con el Cortés, atento a las reacciones que provocan sus palabras.

— En resumen —concluye su relato don Alonso—, que el Cortés fue testigo de lo que ocurrió.

El prior, frío, contenido, más acuático que nunca, deja vagar una sonrisa por su rostro.

— El pobre Cortés deliraba cuando hablasteis con él. Eso sin contar que siempre estuvo un poco loco.

— Vio como sacaban el cuerpo de la Señora del sepulcro.

— Vio espíritus y fantasmas, vos mismo me lo habéis contado. ¿No basta eso para demostraros que deliraba? —insiste, sin alterarse, el prior.

Se da cuenta don Alonso que la conversación no da mucho más de sí. Fray Bernardo mantiene la calma, la contención, cubierto con su capa de reserva, y Don Alonso no encuentra mucho más que decir.

Por la puerta abierta de la estancia, que da al claustro lateral de la iglesia, llegan los cánticos de los monjes indicando que la misa ya ha empezado.

— Don Alonso, me encantaría seguir hablando con vos —sonríe con suavidad el prior—, pero está empezando el Santo Oficio...

— Claro, disculpadme —dice el de Oviedo—. Os estoy entreteniendo.

— No os preocupéis —asiente el monje más relajado.

Se levanta don Alonso dispuesto a marcharse cuando, de pronto, de forma casual, ya saliendo al claustro, se vuelve hacia fray Bernardo.

— ¿Os sentís obligado por secreto de confesión? —pregunta a bocajarro.

El prior, cogido de improviso, no disimula esta vez. Todo él, desde la calva brillante de su cabeza a sus descalzos pies, se pone en tensión.

— ¿Secreto de confesión? ¿A qué os referís? ¿Qué secreto de confesión? —dice nervioso.

— Me refiero al Cortes. ¿Os dijo algo que no me podéis contar obligado por el secreto de confesión?

Se disuelve la tensión de fray Bernardo que responde con una sonrisa tenue:

— Realmente, don Alonso, si así fuera: ¿qué ganáis con preguntarlo?

La respuesta no puede ser más ambigua. Es consciente el de Oviedo que con su pregunta ha dado en la diana, a pesar de que, luego, por algún motivo que se le escapa, el prior ha respirado aliviado. Antes de que pueda seguir indagando, a sus oídos, lo mismo que a los del prior, llegan ruidos extraños. Los cánticos que provenían de la iglesia han cesado y en su lugar se alzan voces muy poco armoniosas y gritos destemplados.

— ¿Qué ocurre? —pregunta don Alonso.

El prior, extrañado, se asoma al claustro que, en ese momento, cruza un monje corriendo con evidente nerviosismo.

— Pero, ¿qué...? —fray Bernardo, sin disimular su asombro, se adelanta hacia la escalera. A los pocos segundos, por el pasillo superior, llega sin aliento el monje que corría desde la iglesia— ¿Qué pasa, hermano? —pregunta el prior— ¿qué está ocurriendo?

— Ay, fray Bernardo —jadea el monje— , sin duda la gente se ha vuelto loca. Se han vuelto locos todos.

— ¿Que se han vuelto locos? ¿Quiénes?

— Todos, todos los que están en la iglesia. Han empezado a gritar el nombre de doña Teresa y a abalanzarse sobre su sepulcro, empujándose unos a otros. Han perdido la cabeza, fray Bernardo. Han interrumpido el Santo Oficio y gritan y lloran. Hay un tumulto tremendo. No sabemos qué hacer.

Fray Bernardo se santigua con mano nerviosa.

— Dios nos asista —exclama compungido, y volviéndose a don Alonso le dice—. Tendréis que perdonadme. Debo ir a ver qué está pasando.

Asiente comprensivo don Alonso y se queda observando cómo el fraile y el prior se alejan por el pasillo. Hasta sus oídos llegan las palabras que va murmurando el prior.

— Qué Dios me perdone. Ya sabía yo que algo así acabaría pasando.

Don Alonso se queda solo en el pasillo superior del claustro. Asomado a la barandilla, puede ver cómo fray Bernardo y su acompañante llegan hasta la puerta lateral de la iglesia y sonríe pensando que su plan ha tenido éxito. De alguna manera, el pequeño Hernán ha conseguido romper la armonía silenciosa del templo: en sentido figurado, el prior ha vuelto la vista hacia el muchacho que llora, dándole a él la posibilidad de aprovechar el momento y coger sus pasteles.

El corredor está desierto y don Alonso tiene el camino libre hasta el despacho del prior. Silencioso, llega hasta la puerta del despacho y pone la mano en el picaporte. Aún duda un segundo antes de penetrar en la estancia. Podríamos pensar que se está asegurando de que nadie le ve, pero es de justicia señalar que se trata más bien de una última indecisión, pues don Alonso no está acostumbrado a este tipo de conductas más propias de un ladrón que de un hombre de bien.

Cuando al fin penetra en el despacho, la respiración del de Oviedo, más por los nervios que por el asma, es rápida y agitada. A su alrededor, los legajos, escritos y documentos que, está convencido, desvelarán el misterio.

Se acerca a los anaqueles. Con manos que tiemblan un poco, va levantando las carpetas. Desecha con rapidez aquellas que obviamente no tienen nada que ver con lo que a él le interesa, hasta que encuentra las que ostentan los nombres de doña Teresa Enríquez o de los Señores de Cárdenas. Con el corazón palpitándole en el pecho, que don Alonso no siente la conciencia nada tranquila con lo que está haciendo, comienza el de Oviedo a pasar la vista por hojas y documentos.

El primero de los legajos que pasa por sus manos contiene todos los escritos fundacionales del convento, entre ellos varias bulas papales, una de Inocencio VIII y las demás de Alejandro VI, autorizando la fundación con destino a los franciscanos observantes, o prohibiendo que los ornamentos, vasos sagrados, libros y demás enseres que los Cárdenas donaran pudieran los monjes dedicarlos a otros usos o lugares sagrados.

En otra carpeta encuentra documentos relacionados con el entierro de don Gutierre. Está, por supuesto, la copia del testamento del de Cárdenas, varios codicilos, así como numerosas cartas del propio don Gutierre al prior del convento, todas ellas, por lo que ve don Alonso, relacionadas con la construcción del sepulcro que debía contener sus restos.

De Diego de Cárdenas puede leer, aunque por encima, escritos muy interesantes. Para empezar una bula del papa Clemente VII, dirigida al Duque y a su hijo Bernardino, absolviéndoles de las penas y vínculos en los que hubiesen incurrido por no haber cumplido determinadas cláusulas del testamento de doña Teresa relacionadas con el monasterio, siempre y cuando lo hicieran a partir de la fecha de la bula, añadiendo, además, los intereses correspondientes. Esto le hace pensar a don Alonso, como ya sospechaba, que las relaciones del Duque con el convento no son tan buenas como sería de esperar. También en la misma carpeta encuentra las órdenes del Duque en relación con el enterramiento de su madre y, ya con fecha muy reciente, cartas inquiriendo al prior sobre los rumores de desaparición del cuerpo de doña Teresa.

Es indudable que don Alonso no puede darse el lujo de leer con calma todo aquello y se limita a pasar la vista de carta en carta. De vez en cuando, levanta la cabeza y presta atención a los ruidos que le llegan desde el exterior. Las voces se han ido apagando y eso le hace pensar que no tiene demasiado tiempo que perder, pues el prior puede aparecer en cualquier momento.

Con manos nerviosas sigue buscando hasta dar con las carpetas encabezadas con el nombre de Teresa Enríquez y que resultan ser, con mucho, las más voluminosas. Varias de ellas están llenas a rebosar de cartas de la Señora, todas con una letra pequeña y apretada, difícil de leer, pero que aluden solo a asuntos privados o cotidianos: encargo de misas, concesión de donativos y limosnas, petición de informes sobre determinadas gentes o, por el contrario, recomendaciones a los monjes para que acojan en el convento a tal o cuál persona. Otro legajo contiene escrituras sobre censos y tributos donados por la Señora, y otros asuntos legales que no se para don Alonso a leer, dando por hecho que no tienen nada que ver con lo que a él le interesa.

El tiempo se acaba, como comprueba don Alonso en una de las ojeadas nerviosas que no ha dejado de echar por la puerta entreabierta, pues puede ver que de la iglesia ya han salido varios monjes, entre ellos fray Bernardo. Por mucho que se entretengan en hablar entre ellos, arremolinados en el claustro, no duda don Alonso de que no cuenta ya más que con un par de minutos. Nervioso, ordena de nuevo los legajos en los anaqueles intentando dejarlos tal y como estaban. La última carpeta que coloca lleva el título de «Testamento de Doña Teresa Enríquez». Por aprovechar los segundos que le quedan, y ya sin ninguna esperanza, abre la carpeta don Alonso. En efecto, en ella se encuentra una copia del testamento de doña Teresa igual a la que leyó, al día siguiente de su llegada al pueblo, en la sala capitular de la iglesia del Santísimo Sacramento.

Los pasos que resuenan por el pasillo anuncian bien a las claras que el prior se acerca ya y don Alonso, apresurado, vuelve a cerrar el testamento para dejarlo en su sitio. De pronto, lentamente, como la hoja de un árbol mecida por el viento, se desprende del interior una pequeña nota. La caza al vuelo Don Alonso, observando que está escrita con la letra minuciosa y apretada de doña Teresa y, tras leerla, sus ojos se abren de asombro. De este modo se lo encuentra el prior cuando entra en el despacho.

— ¿Qué estáis haciendo? —pregunta indignado— ¿Cómo os habéis atrevido?

El de Oviedo levanta la vista de la nota que aún tiene en la mano y mira con sorpresa a fray Bernardo.

— Así que... ¿esto era? —dice con suavidad.

No responde el prior y tampoco don Alonso. Se diría que, después de tanto tiempo, ninguno de los dos sabe demasiado bien cómo reaccionar ante el final del misterio.

Don Beltrán Gómez de Toro, acodado en la barandilla que delimita los terrenos de la ermita de la Magdalena, ve acercarse, por el camino de la Almendrava a don Alonso.

Le extraña que el de Oviedo vaya a caballo pues, si bien es cierto que la ermita se encuentra algo alejada del pueblo, tampoco lo está tanto como para no poder llegarse a ella andando, como de hecho hace él mismo todas las mañanas. Don Alonso, sin embargo, va montado, sin mostrar demasiada prisa. Se acerca con lentitud, al paso, y don Beltrán tiene tiempo de observar que el aspecto del caballero, en los pocos días que lleva en Torrijos, parece haber mejorado. Todavía está muy delgado y aún mantiene los labios entreabiertos, como buscando facilitar en sus pulmones la entrada de ese aire que tanto le cuesta respirar, pero tiene mejor color en el rostro, sus ojeras no son tan profundas y hasta el pecho está menos hundido que cuando llegó al pueblo. Es posible, aunque esto no podría asegurarlo don Beltrán, que el clima seco de Castilla esté mejorando, poco a poco, la precaria salud del de Oviedo. Al menos, su salud física, que en cambio su estado de ánimo es mucho más serio que antes. De hecho, parece triste, algo sombrío, como si por su mente estuvieran pasando profundos y oscuros pensamientos.

Don Alonso desmonta al llegar a la ermita y don Beltrán lo saluda con una leve inclinación de cabeza.

— Parecéis preocupado —le dice.

— Lo estoy —responde don Alonso sentándose en el banco que recorre el exterior de la ermita y dejándose acoger, con un suspiro, por la sombra de los muros de piedra.

— ¿Os está dando trabajo el cumplimiento de vuestros deberes? —pregunta el anciano.

Don Alonso sonríe con una cierta tristeza.

— No. Mis obligaciones no me cansan, por mucho que a veces no me agrade el resultado—responde, y como don Beltrán lo mira sin comprender hace un esfuerzo, más que evidente, por alejar de su cabeza algún triste pensamiento—. No me hagáis caso, estoy cansado. Y echo de menos mi tierra —sonríe—. Ya veis, hoy me he levantado invadido por la nostalgia.

Don Beltrán se acerca al banco y se sienta al lado de don Alonso. Ahora la sombra de los muros los acoge a los dos, los une bajo su manto.

— ¿Nunca os casasteis, don Beltrán? —pregunta de pronto el de Oviedo— ¿Nunca intentasteis rehacer vuestra vida al lado de otra mujer?

El anciano tarda un rato en responder y cuando lo hace la voz se le ha vuelto ronca, como si le costase poner en palabras algo que aún le hace daño por dentro.

— Me casé una vez —dice despacio—, hace mil años.

— ¿Os casasteis? ¿Con quién?

Ante los ojos de don Beltrán reaparece, borroso, el rostro de una chiquilla de ojos grandes.

— Con Guiomar de Dueñas.

Una chiquilla que lo miró siempre con tanto miedo como un cervatillo ante el arma del cazador.

— ¿La amabais?

Durante unos segundos el silencio se alarga.

— No —reconoce don Beltrán en voz tan baja que a don Alonso le cuesta oírlo—, no la amaba.

— Y entonces, ¿por qué os casasteis?

— Fue un matrimonio concertado —explica don Beltrán—. Me lo impusieron. Y para más ironía, como un premio.

En la mente del anciano resuenan, como una broma amarga, las palabras con las que imagina que se tomó la decisión sobre su casamiento: qué bien se ha portado el de Toro en las últimas campañas, ofrezcámosle para premiarlo un buen matrimonio, ¿quién está disponible? Esta no, es muy vieja, aquella tampoco, es de una familia de medio pelo ¿Y qué tal Guiomar de Dueñas? Es joven, muy bella y de buena familia, y sus parientes aceptaran encantados, que no tienen la hacienda para ir desdeñando a un capitán de tanto merecimiento.

— Y yo estaba tan desesperado, tan deseoso de huir de aquel matrimonio, que me enfrenté por primera y única vez en mi vida a los deseos de doña Teresa.

No me pidáis eso, mi señora, le suplicó, vos sabéis que no la amo. Y ante la intensidad de sus ojos, doña Teresa, como otras veces, se volvió inasequible: estaba allí y no lo estaba, le miraba y no le veía, sonreía y no había nada en su sonrisa. Qué bobada, don Beltrán, le dijo, Guiomar es una de las doncellas que yo más aprecio. Seréis muy felices.

— Ya veis —la voz de don Beltrán escuece como una herida a flor de piel—, fue el colmo de la indiferencia, entregarme a otra mujer.

Pero, en aquel momento, Dios, cómo dolió. Tanto, que si no la hubiera amado como la amaba, podría haberla odiado.

— Así que me casé con Guiomar de Dueñas.

La primera noche que pasaron juntos, Guiomar temblaba. Era tan joven, tenía los ojos tan inocentes... Él no lo vio. No vio nada.

Solo su propio dolor, su propia furia. Cogió aquel cuerpo tierno que se le ofrecía sin resistencia y descargó sobre él su triste venganza. Y después de aquella noche, llegaron otras, siempre en silencio, sin una palabra amable, sin un solo gesto de cariño. Pobre Guiomar, se entregaba al suplicio mansamente y nunca llegó a saber que el amor no tenía por qué ser así, tan oscuro y violento.

— ¿Tuvisteis hijos? —pregunta don Alonso.

— No.

A don Beltrán, los gritos de Guiomar, desgarrada por el parto, le resuenan aún en el alma. Pobre Guiomar, piensa, luchó contra la muerte y contra la vida y perdió. Se desangró ante la mirada impotente de la partera. Cuando él entró en la habitación, Guiomar de Dueñas parecía perdida en la inmensidad de la cama que habían compartido tan a duras penas. La partera y las demás mujeres ya le habían cerrado los ojos y le habían colocado el cabello a ambos lados de la cara. El resto del cuerpo apenas hacía bulto bajo la sábana con que la habían cubierto. Parecía dormida, más plácida de lo que había estado nunca, tan pequeña, tan blanca. Al acercarse, ni siquiera sabe por qué lo hizo, cogió un extremo de la sábana y tiró de ella, dejando al descubierto el campo de batalla, o peor aún, que en ningún campo de batalla había visto él tanta sangre, sangre que empapaba el camisón casi hasta el pecho, que manchaba las piernas casi hasta los tobillos, sangre como en un matadero. Dejó caer la sábana. Y no quiso ver el otro cuerpo, el del niño, ojalá lo hubiera hecho y así tal vez hubiera podido dejar de pensar en él como si se tratara de un coágulo más, desprendido del cuerpo muerto de Guiomar.

— ¿Y vos, don Alonso, no habéis pensado en casaros?

Don Alonso se levanta y se aleja de don Beltrán. Su imaginación se desboca durante un instante y repite ante sus ojos la historia de Guiomar de Dueñas, pero, qué broma cruel, con el rostro y el cuerpo de Isabel: Isabel con su aspecto desgarbado, Isabel recibiendo su acometida salvaje e inesperada, Isabel penetrada y violada, Isabel con el cuerpo deformado por el embarazo y, más tarde, desgarrada por los dolores del parto, Isabel desangrada, Isabel muerta.

— Algún día —contesta don Alonso, incómodo. Y sacude la cabeza para ahuyentar los fantasmas.

— Un hombre necesita de una mujer.

Esta vez las palabras de don Beltrán evocan una historia diferente: la voz armoniosa de Isabel esperándole, él comentando con ella los pequeños acontecimientos de la jornada, sus manos alargándole el remedio de eucalipto y menta y él que respira profundamente y descansa. Quizá no tenga ningún sentido todo esto, pero don Alonso está cansado, las fantasías mandan y la de la mujer como refugio del guerrero es tan antigua como el mundo, por mucho que hoy en día nos hierva la sangre en las venas ante semejante idea: mujeres como juguetes, inocentes, ignorantes de lo que les espera, violadas en muchas ocasiones por sus propias parejas, pariendo hijo tras hijo, hasta que se desangren y mueran y sean reemplazadas. Como si a los hombres tanto nos diera una mujer como otra. Y no es así, claro que no. Bien lo saben don Alonso y don Beltrán, que por mucho que quisieran negarlo, los dos tienen en el pensamiento un único nombre de mujer.

El silencio es tan umbrío como la sombra de la ermita. Un silencio y una sombra que se alargan.

— ¿Puedo haceros una pregunta? —dice don Alonso.

— Sabéis que sí.

— Siempre os habéis mostrado determinado a encontrar el cuerpo de doña Teresa, ¿por qué?

— ¿A qué viene esa pregunta? Vos sabéis por qué.

— No, no lo sé. ¿Por qué queréis encontrarla? ¿Para qué?

— ¿Por qué y para qué enterramos los cuerpos de los que amamos? ¿Es eso lo que preguntáis? —inquiere con ironía don Beltrán.

— Sí.

El rostro de don Beltrán, ante esta respuesta, se endurece: frunce el ceño, aprieta la mandíbula y durante unos segundos parece estar a punto de dejar escapar, sin control, todo el tumulto de sus sentimientos. Hace un esfuerzo y contesta.

— Quiero poder ir a su tumba a rezar por su alma, quiero saber dónde está, quiero tenerla cerca, recordarla.

— Podéis rezar y recordarla aun sin saber dónde está.

Don Beltrán niega con la cabeza con tristeza.

— Nunca habéis amado, ¿verdad? No, por supuesto que no, si lo hubierais hecho no hablaríais como lo hacéis.

— Por mucho que la amarais, ahora ella está muerta. Seguid vuestro camino, don Beltrán, olvidadla.

— No —responde don Beltrán con fiereza—. No voy a olvidarla, no voy a conformarme. Seguiré luchando hasta el último aliento que me quede. Seguiré escribiendo a los hijos para que no olviden el deber que tienen con su madre. Seguiré importunando a las jerarquías eclesiásticas y al mismo emperador si hace falta. Os lo juro, don Alonso, no descansaré hasta que el cuerpo de doña Teresa sea encontrado y vuelva a estar donde ella misma quiso que estuviera, en su sepulcro de Santa María.

Don Alonso toma aire, preparándose para lo que va a decir.

— No es en ese sepulcro donde ella quería estar.

— ¿Qué decís? Sabéis de sobra que ella dejó dicho...

— No, don Beltrán, ella no quería estar en el sepulcro de Santa María, os lo aseguro —en la mano de don Alonso el papel que encontró en el monasterio: blanco, terso, tan reciente como si acabara de ser escrito—. Conocéis su letra ¿no es cierto?

Don Beltrán mira la nota en silencio, los ojos grises como una piedra que se va deshaciendo con el roce del agua. Finalmente extiende la mano y deja que la letra pequeña y menuda de doña Teresa le cuente dulcemente lo que pasa:

«Rmo.P.: Como mi confesor y a quien tengo comunicado lo más secreto de mi conciencia, suplico con humildad a V.R. que, después de mi fallecimiento y funerales que por mí se hicieren, como dejo ordenado en mi testamento, saque V.R. por sí solo y con las personas que le parecieren de su confianza, mi cuerpo de la bóveda adonde estuviere, y con todo secreto lo ponga en la capilla del entierro de los religiosos, en parte oculta o nicho de pared, de modo que no se ponga señal alguna por donde se pueda venir en conocimiento en tiempos venideros donde está, pues me motivan a hacer esto las razones que tengo comunicadas a V.R.»

El silencio acurrucado a la sombra de la ermita, se extiende, se alarga por el campo, cruza el camino de la Almendrava y se pierde a lo lejos.

— Doña Teresa —explica don Alonso con voz suave— dio esta nota a su confesor, fray Gerónimo de Paradinas, poco antes de morir. Es evidente que ambos ya habían hablado de esto con anterioridad.

— ¿Dónde encontrasteis la nota? —pregunta don Beltrán con voz ronca.

— La tenían los monjes. Guardan la nota junto con el testamento de doña Teresa.

— Y nunca dijeron nada...

— La mayor parte de ellos ni siquiera lo saben. Fray Gerónimo, el confesor, y el antiguo prior del monasterio, fueron los que se encargaron de cumplir el último deseo de doña Teresa y ambos lo consideran secreto de confesión. Así que, tal y como les pidió en la nota, lo hicieron todo con sigilo, de noche, confiando en que nadie se enterara. Pero el pobre Cortés se había quedado dormido en el huerto y los vio y comenzó a hablar. Así surgieron los rumores.

— Nunca dijeron nada... —repite don Beltrán en voz baja. Aún sigue con la nota entre las manos y la mirada fija en ella: todo él, sus ojos, sus hombros, ese perfil tan duro, parece haberse desmoronado.

— No os podéis imaginar lo mal que lo están pasando —sigue explicando don Alonso, aunque es consciente de que don Beltrán ni siquiera lo escucha—. En especial fray Bernardo, que recibió el secreto junto con el priorato y que ha visto impotente como la situación se le iba de las manos. A pesar de todo, tenía la esperanza de que con el tiempo el asunto se fuera olvidando. Y así hubiera sido sino llega a ser por vos...

Don Alonso hace una pausa y mira con compasión la cabeza inclinada del anciano que tiene a su lado. Con delicadeza, pone una mano sobre su hombro.

— Ella está donde quería estar —dice con suavidad—, en un nicho anónimo de la capilla de los monjes.

Don Beltrán no ve la nota que tiene ante él, ni siente la mano de don Alonso en su hombro, ni escucha sus palabras.

Durante todos aquellos meses él había luchado tanto... Ingenuamente había pensado que, dónde quiera que estuviese su alma, ella lo vería y estaría orgullosa de tanto amor y tanto esfuerzo, más amor y más esfuerzo que el de sus propios hijos, que él nunca estuvo dispuesto a rendirse ni a olvidar. Y todo, para nada, porque ella no quería ser encontrada ni recordada. Así que, una vez más, aun después de muerta, doña Teresa se aleja de él, se le escapa. Está y es como si no estuviera y no se sentirá orgullosa de él ni de su amor y su empeño, porque ella siempre le miró sin verle, siempre.

Don Beltrán devuelve la nota a don Alonso y se levanta. De espaldas a él, apoyado en la balaustrada de la ermita, aún encuentra en su interior algunas fuerzas para rebelarse.

— ¿Por qué? ¿Por qué nos niega a todos el pequeño consuelo de rezar junta a su tumba? ¿Por qué quiere ser olvidada?

— No lo sé —reconoce Don Alonso—. Tal vez por humildad. Vos, que la conocisteis, lo sabréis mejor que yo.

Busca Don Beltrán en su corazón atormentado las mil imágenes de doña Teresa que lleva toda una vida atesorando. Quiere encontrar en ellas a la mujer que amó siempre tan sin esperanza, aquella mujer bella y dulce que sonreía suavemente, que nunca alzaba la voz, aquella mujer de blancas manos que le salvó un día de la muerte, hace mil años, a las puertas de una Granada recién conquistada. Y en su lugar, aparecen, sin llamarlas, otras imágenes: doña Teresa rezando, doña Teresa gastándose toda su hacienda en hacer el bien, doña Teresa rodeada de pobres y necesitados, vestida con hábito franciscano, silenciosa y humilde. Y esa doña Teresa nunca quiso ser la joven cortesana de la que don Beltrán se enamoró. Y don Beltrán se angustia y la imagina, serena y dulce, en el nicho más humilde de la capilla de los monjes. Y su corazón, a pesar de todo, le grita con dolor, con desesperanza: la amo, cuánto la amo.

— ¿Qué vais a hacer ahora? —pregunta don Beltrán en voz baja.

Es la misma pregunta que le había hecho el prior el día anterior, después de la difícil conversación que mantuvieron en su despacho, con la nota de doña Teresa delante, y en la que salió a relucir toda la historia: la orden de la Señora a su confesor, el secreto con el que, para cumplirla, se sacó su cuerpo del sepulcro y se llevó a la capilla del convento, la llegada al monasterio de fray Bernardo, convertido en el nuevo prior y, por tanto, en el nuevo custodio del secreto. Y luego los rumores y la apertura del sepulcro y las investigaciones y, sobre todo, el deber inconmovible al que siempre se sintió obligado el prior, de guardar silencio y preservar la última voluntad de doña Teresa.

— Ahora, ya lo sabéis todo —había concluido fray Bernardo, y luego había preguntado, lo mismo que don Beltrán— ¿Qué pensáis hacer?

Don Alonso suspira inquieto. Desde que el destino puso en sus manos la solución al misterio, la pregunta se ha vuelto obsesionante: ¿qué va a hacer con su secreto? Y en su mente vuelve a verse a sí mismo saliendo del monasterio, como había salido el día anterior, con la nota de doña Teresa en la mano y el corazón confundido. Vuelve a ver a Isabel que regresa a casa acompañada de su criada, los ojos brillantes, excitada, después de haber presenciado lo que ha ocurrido en la iglesia, los acontecimientos que alejaron al prior de su despacho permitiéndole a él aclarar el misterio.

— ¿Estabais en la iglesia, don Alonso? —le pregunta Isabel al verle— ¿Habéis visto lo que ha pasado?

Don Alonso niega con la cabeza e Isabel, con su voz armoniosa algo desfigurada por la excitación, se lo cuenta.

— Estábamos en mitad del sermón cuando, de pronto, un hombre se echó al suelo llorando. Gritaba, «estáis ahí, Señora, puedo veros, puedo veros». Los que estaban cerca querían alzarlo, pero como él seguía gritando que veía a la Señora, todos queríamos mirar a donde él miraba, y la gente comenzó a arrodillarse y algunos también gritaban. Se armó un escándalo enorme. Los monjes pedían silencio, el sacerdote no podía continuar con la misa y cada vez más gente se arrodillaba y lloraba y rezaba a gritos.

Así fue. Toda la iglesia se había llenado en un instante de una fe tan profunda, tan ciega, tan sin razonamientos, que el que más y el que menos jurará ya para siempre que en ese momento también vio a doña Teresa. Unos dirán que estaba arrodillada sobre su sepulcro, rezando. Otros, que parecía flotar, etérea, sobre el altar. La gran mayoría se limitará a hablar de una presencia vaga o de una luz intensa o de un olor como a rosas y a jazmines. Solo el pequeño Hernán sabrá la verdad, porque él fue quien empezó a murmurar a los que tenía al lado, en voz baja: está ahí, está ahí... ¿no la veis? ¿No veis a la Señora?, hasta que los más fervientes dijeron que sí, que la veían, y lo comentaron a otros, y los otros también quisieron verla y empujaron a los demás... Y así comenzó el tumulto. Todos enfervorecidos, suplicantes, llorosos. Toda la iglesia temblando de fe como una sola alma.

— ¿Vos la visteis, Isabel? —pregunta curioso don Alonso.

Y la niña, con una sonrisa triste, dice que no.

— Tal vez no tengo méritos suficientes.

— Por supuesto que los tenéis, Isabel —le asegura don Alonso. Y es mucho más sincero al decirlo de lo que él mismo piensa. Claro que tenéis méritos, Isabel, sois sensata e inteligente y dulce y os metéis en el corazón con tanta suavidad que uno ni se entera...—. Lo que ocurre es que vos no os habéis dejado arrastrar por el fanatismo de esa pobre gente tan necesitada de consuelo.

— ¿Por qué habláis así?

— Porque no ha habido ningún milagro, porque doña Teresa no ascendió a los cielos, porque yo sé dónde está y está allí porque la llevaron manos humanas, buenas y bien intencionadas, pero manos humanas al fin.

Isabel escucha en silencio. Camina al lado de don Alonso con paso menudo y un poco más atrás de los dos se rezaga la criada, aquella Juana que, de buena gana, se acercaría al de Oviedo para decirle triunfante: ¿lo veis? La Señora es una santa.

— ¿No vais a preguntarme nada? —le dice don Alonso a la silenciosa Isabel.

— No sé si quiero saberlo.

— ¿Por qué no? —se extraña don Alonso.

— Porque las certezas matan la esperanza —contesta Isabel con seriedad. Y parece saber muy bien de lo que está hablando.

— No os entiendo, ¿qué esperanza?

— Cualquier esperanza.

— ¿La de ver a la Señora flotando en la iglesia del monasterio, por ejemplo? —ironiza don Alonso—. Isabel, no ha habido ningún milagro, yo lo sé bien. Y doña Teresa está enterrada. No desapareció, su cuerpo no ascendió a los cielos. Esa es la verdad.

— Muy bien —se enfada de pronto Isabel, como una chiquilla—. Esa es la verdad. ¿Y a quién creéis que le importa?

Esa es la frase que tiene grabada en el alma don Alonso. Le resonó en el pensamiento durante toda la tarde, se acostó con ella al llegar la noche, se levantó con ella ya de mañana y se la llevó al lado por el camino de la Almendrava mientras iba en busca de don Beltrán.

Y durante todo ese tiempo se preguntaba a sí mismo, ¿a quién le importa la verdad que he descubierto? No al Duque, es evidente, a ese don Diego que se ha acostumbrado a la situación y que le encuentra cierta gracia a lo de presumir de madre santa por esas tierras de Dios. No a doña María, la hija de doña Teresa que, llena de vanidad, no querría que su madre permaneciera enterrada en la humilde capilla de los monjes, igual que no quiso enterrarla con el hábito franciscano. ¿Y a Gabriel Vázquez? La verdad solo le haría daño. Bien sabe él lo que ha tenido que luchar su amigo contra sus propios sentimientos, temiendo que don Alonso descubriera lo que él no fue capaz de descubrir, sintiéndose culpable por ello y, aun así, ayudándole en todo momento. Sin duda, la verdad solo serviría para herir su orgullo y para dejar malparado su prestigio. Y por último, ¿y el conde de Miranda? También el Conde es su amigo y confió en él y le envió a Torrijos y lo hizo, no por vanidad ni por obtener algún beneficio, sino porque apreciaba a doña Teresa. Y si la apreciaba, ¿querría que se desvelara el secreto? ¿Estaría dispuesto a hacerlo, sabiendo que doña Teresa solo deseaba permanecer olvidada?

Hundido en estos pensamientos había llegado don Alonso a la Magdalena y se había sentado, con su verdad a cuestas, a la sombra del muro de la ermita. Y en todo momento, en el fondo de su alma, había sabido que solo ese hombre que tenía delante, solo don

Beltrán, merecía conocer la verdad que llevaba consigo. Le dolería, claro, como de hecho le ha dolido, pero don Alonso no tiene más que mirarlo a los ojos para saber que, a pesar del dolor y de la angustia, a pesar de la decepción, don Beltrán respetará una vez más los deseos de doña Teresa y bajará la cabeza y se tragará sus sentimientos y renunciará a todo, a todo, por ella.

EPÍLOGO

Don Alonso se desdibuja, desaparece, se pierde en la nada. Se diluyen también como sombras, el honorable Gabriel Vázquez, don Beltrán Gómez de Toro, la pequeña Isabel… No queda ni rastro de la materia inasible con la que fueron hechos.

Permanece Torrijos de los Olivares, con su Colegiata y sus molinos, su monasterio, su mercado y sus gentes. Perdura también el misterio de doña Teresa mientras ella, oculta a los ojos del mundo, descansa en paz en su humilde refugio.

Tienen que transcurrir casi ciento cincuenta años para que se abran otra vez los pliegues de la historia.

El 7 de enero de 1688, un fraile halla, en el archivo del monasterio de Santa María, la misma nota que tuvo en sus manos don Alonso. Esta vez no hay nada que impida la búsqueda y, finalmente, el cuerpo se encuentra. Aparece en un nicho sin nombre ni señal alguna. Es el único cuerpo de mujer en un convento de hombres, viste traje de terciopelo negro sobre el hábito franciscano y, además, a pesar de los años, su carne se mantiene intacta. No hay dudas: es doña Teresa y se puede volver a hablar de milagro.

Desde entonces, custodiado primero por los frailes franciscanos y luego por las monjas concepcionistas y olvidado su último deseo, el cuerpo de Teresa Enríquez, la Limosnera, la Loca del Sacramento, la Santa, permanece sin enterrar.

Ahí está, para quien quiera verlo.

Printed in Great Britain
by Amazon